Bon Appétit!

附
中法對照
MP3

美食法語會話

170實用句型 | 610菜單常見單字

STUDIO TAC CREATIVE Co., Ltd. /著

陳琇琳 /譯

笛藤出版

吃遍美食
王國的經典美味！

吃美食絕對是旅遊的一大樂趣。

但是，到了國外旅遊時，卻常常碰到語言不通，無法順利點餐的狀況。

本書正是為了順利吃到美食而誕生的。

收錄了與美食相關的實用會話，以及各種食材、材料或菜名的說法，

就算到了法國餐廳，碰到看不懂的單字也不成問題。

快拋開語言障礙，在法國盡情享受精緻的法式料理吧！

Contents 目次

法語美食辭典

Column 專欄

Recommended guide 推薦店家

●本書收錄的店家名稱、地址、電話、營業時間等資訊,可能會因店家狀況有所變動,請特別留意。

●照片僅供參考,大多會因實際狀況而有所出入。

認識法國的
飲食文化

法國的飲食文化，除了重視歷史、傳統以及地區性之外，也很注重菜餚的創新與變化。品嚐美食之前，不妨先認識法國的飲食文化。

美食王國─法國是個什麼樣的國家？

法國與飲食文化

　　法國被譽為世界三大美食王國。不過，法國的美食文化究竟是如何形成的呢？其實，法國料理一開始並不像現在這樣豪華精緻。在文藝復興時期，義大利的公主凱薩琳遠嫁法皇亨利二世，將義大利的烹調技術傳入法國，進而造就了今日頗富盛名的法國料理。之後，活躍於 1800 年代的名廚安東尼卡漢姆（Marie-Antoine Carême）、融合傳統與新技術的「現代法國料理」代表名廚喬爾‧侯布匈（Jöel Robuchon）與艾倫‧杜卡斯（Alain Ducasse）等人，都為今日的法國料理帶來了許多的貢獻。

　　對「吃」有著極大熱情的法國人，對於做出美味的佳餚也是相當講究的，從食材的選擇到烹調技法，法國料理在世界各地廣泛地受到歡迎。2010 年，法國料理甚至被列入 UNESCO（聯合國教科文組織）非物質文化遺產。

　　你可能也會發現，與從前相比，法國的日本廚師有增多的趨勢。從這點也能看出法國非常積極地吸取海外文化，吸收新的知識，希望藉此擴大法國的飲食文化。

法國人對美食的講究

　　法國內陸山地及高原盛行畜牧業，肉類與乳製品的產量相當多。沿岸地區則因可以捕獲牡蠣、蝦類等各式各樣的海鮮，餐桌上經常出現海鮮湯或蒸煮海鮮等料理。法國人對於追求美味很有一套，喜歡使用具地方特色的食材，這樣的特徵也成就了法國料理的多樣化。此外，法國人對食材講究的心隨著時代日益高漲，例如，為了使葡萄酒或乳酪等特定產品能有一定程度的品質保證，他們明確地訂定了原產地、原材料及熟成法等相關法規，並制定出AOC 這樣的管理認證制度，藉以杜絕假貨流入市面。這樣的制度，代表了法國人對於產品品質的保護與重視。

　　法國的農業相當興盛，在大量種植小麥或夏季蔬菜的區域，所採收的食材都反映在當地的特色料理上面。根據日本農林水產省的統計，日本一年的糧食自給率是39%，而法國卻是 121%（2011 年），足足高了日本 3 倍之多。由此就可得知法國是個食材非常豐富的國家。

法國的小酒館。在這裡可輕鬆用餐。

專賣店的種類繁多也是一大特色

在法國，除了小酒館或一般餐廳，還有許多各式各樣的專賣店，例如以特定食品為主的專賣店、日本料理、印度料理等異國餐館，種類非常多，其中又以巴黎為中心，聚集了許多不同的專賣店。

在巴黎可以看到販售各種麵包的麵包店（boulangerie）、巧克力專賣店（chocolaterie）、加工肉品店（charcuterie）、乳酪專賣店（fromagerie）等。有時也會看到法式鹹派、葡萄酒、甚至是餃子的專賣店。種類繁多、五花八門的專賣店，也是逛巴黎時的樂趣之一。

比省名更好記的區域名稱

法國的行政區以省劃分，一共有 101 省。不過，對於法國人或觀光客來說，比起省名，反而比較熟悉法國大區的名字，例如諾曼第地區盛產蘋果、勃艮第地區以葡萄酒聞名等。法國人非常喜歡使用各地區的特產，打造當地傳統的家鄉料理。品嚐各地不同的特色料理，也是到法國旅遊的一大樂趣！

以區域劃分的法國國土

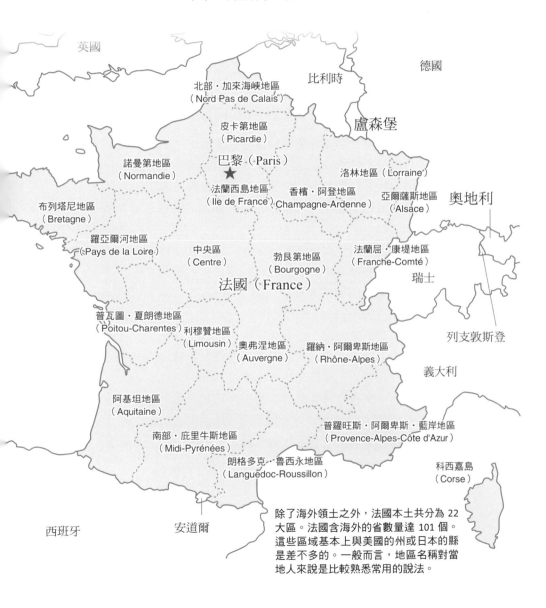

英國

德國

比利時

盧森堡

北部・加來海峽地區
（Nord Pas de Calais）

皮卡第地區
（Picardie）

諾曼第地區
（Normandie）

巴黎（Paris）
★

洛林地區（Lorraine）

法蘭西島地區
（Ile de France）

香檳・阿登地區
（Champagne-Ardenne）

亞爾薩斯地區
（Alsace）

奧地利

布列塔尼地區
（Bretagne）

羅亞爾河地區
（Pays de la Loire）

中央區
（Centre）

勃艮第地區
（Bourgogne）

法蘭屈・康堤地區
（Franche-Comté）

法國（France）

瑞士

普瓦圖・夏朗德地區
（Poitou-Charentes）

利穆贊地區
（Limousin）

奧弗涅地區
（Auvergne）

羅納・阿爾卑斯地區
（Rhône-Alpes）

列支敦斯登

義大利

阿基坦地區
（Aquitaine）

南部・庇里牛斯地區
（Midi-Pyrénées）

普羅旺斯・阿爾卑斯・藍岸地區
（Provence-Alpes-Côte d'Azur）

朗格多克・魯西永地區
（Languedoc-Roussillon）

科西嘉島
（Corse）

西班牙

安道爾

除了海外領土之外，法國本土共分為 22
大區。法國含海外的省數量達 101 個。
這些區域基本上與美國的州或日本的縣
是差不多的。一般而言，地區名稱對當
地人來說是比較熟悉常用的說法。

飲食風土與當季及特色料理

極具地方色彩的法國料理

　　受到各地自然條件與鄰國文化的影響，法國發展出了區域性的特色飲食文化。由於自然環境的差異，各地區皆有不同的特產，因此各地的家常料理往往充分展現了當地的特色。這裡先大略將法國分為 9 大區域，分別介紹各地的名產與特色菜餚。

　　法國東北部的亞爾薩斯地區，位於德法交界處，東部以萊因河與德國為界，因此也反映出濃厚的德國文化。例如，亞爾薩斯的家常料理醃酸菜（Choucroute）和德國的醃酸菜（Sauerkraut）就是相同的東西。此外，位於最西邊的布列塔尼地區，由於突出於大西洋，其沿岸有「海之寶庫」之稱，當地的傳統料理大多會使用豐富的海產，如貽貝（淡菜）、牡蠣或鯖魚等食材。

　　此外，法國也有所謂當季料理，例如春季常吃蘆筍或是用春季蔬菜與羊肉燉煮的料理（Navarin）。對法國人而言，蘆筍是象徵著春天來臨的蔬菜。春天一到，可以看到超市、市場或餐廳到處都有蘆筍。至於秋冬，大約 10 月到 2 月之間，通常會吃牡蠣或是野味料理。到了法國，不妨多嚐嚐法國人喜愛的當季菜色，體會一下道地的美食氣氛。

A 地區
巴黎 / 法蘭西島地區

《巴黎》

　　巴黎的店面種類相當多樣化，除了名廚經營的高級餐廳、擁有海外分店的著名餐廳之外，也有許多庶民小酒館、咖啡館或麵包店。從路上大大小小的商店，就可以窺看巴黎人的生活。到商店街走一趟，你會發現這裡聚集了許多與食品相關的專賣店，光是走走看看就充滿了樂趣。在這你可以看到乳酪專賣店、食材店、熟食店、甚至是魚子醬專賣店或加工肉品店等。此外，如果走到了巴黎的雷恩大街（rue de Rennes），會發現這裡聚集了許多餐廚相關用品的雜貨店，喜歡做菜的人，一定會逛得流連忘返。

《法蘭西島地區》

　　法蘭西島地區以朗布耶（Rambouillet）或楓丹白露（Fontainebleau）等最為人知，這裡森林居多，因此野味（Gibier）料理非常盛行。授獵解禁期為 10 月到隔年 2 月，因此這段期間常可見到野味料理。野味料理是從前貴族的傳統料理，大多選用較無腥味的鹿肉或帶點苦味的雷鳥等肉類，各種狩獵肉都有不同的口味特徵。另外，莫城布里乳酪（Brie de Meaux）與莫倫布里乳酪（Brie de Melun）這兩種白黴乳酪也是此區的特產。莫城布里的奶味較重，香味優雅，有「乳酪之王」之稱。莫倫布里與莫城布里比起來味道較濃醇，兩種都是法國人相當喜愛的乳酪。

常見的前菜鄉村肉派（Pâté de Campagne），在熟食店就能買到，在小酒館（Bistro）也吃得到。

有「乳酪之王」之稱的莫城布里乳酪（Brie de Meaux），有著濃濃的乳香，切開來內芯相當柔軟。

亞爾薩斯地區／洛林地區／法蘭屈·康堤地區
香檳·阿登地區／羅納·阿爾卑斯地區

巴黎
★
香檳·阿登地區
洛林地區
亞爾薩斯地區
法蘭屈·康堤地區
羅納·阿爾卑斯地區

《亞爾薩斯地區》

東為德國，西為孚日山脈，亞爾薩斯區是法國最小的地區。由於過去曾被捲入領土爭奪紛爭，此地區發展出了與眾不同的文化。在這裡，你可能會看到餐桌上同時擺著法國的代表性食物鵝肝以及德國的代表性食物醃酸菜，甚至也會看到葡萄酒與啤酒並列在一起。同時具有兩種不同飲食文化的地區，非亞爾薩斯莫屬。傳統的家鄉菜Baeckeoffe是亞爾薩斯語「麵包師傅的烤爐」的意思，是用白酒與牛肉、豬肉、小羊肉與蔬菜燉煮的傳統料理。

《洛林地區》

這裡是法國全國都吃得到的法式洛林鹹派（Quiche）的發祥地。派內可以放入乳酪與培根，接受程度很廣，是一道大人小孩都喜歡的料理。

《法蘭屈·康堤地區》

此區的特產為黃葡萄酒（Vin Jaunes），通常會和食材一起烹調，例如菜單上可看到「黃葡萄酒風味春雞」等。

《香檳·阿登地區》

香檳酒指的就是此地區所生產的香檳汽泡酒。為了與其他國家製作的香檳酒做區別，本區正宗的香檳酒皆會標上「Champagne」的標籤。使用香檳酒烹調的傳統料理如「香檳風味蒸煮雞肉」也很受歡迎。此外，也有做成香檳酒軟木塞形狀的巧克力（Bouchon de Champagne）。

《羅納·阿爾卑斯地區》

此區位於法國東南部，義大利與瑞士的交界處。這裡的面積與人口為法國第二大，食材與菜餚種類相當豐富。位於中心的里昂有許多名廚，這裡的米其林星級餐廳比巴黎數量更多。此區飼養的布列斯雞，具嚴格的品管制度，風味極佳，非常推薦。其他如豬肉加工品、狗魚魚漿、乳酪或葡萄酒等名產也相當多，因此又有「美食之城」的稱呼。

原本洛林鹹派內只放了培根，不過每家店或每個家庭通常會做變化，
例如放入洋蔥或菠菜等食材，是充滿「媽媽的味道」的傳統菜色。

高級餐廳裡提供的開胃酒當中，最高
等級的就是香檳酒。

酸菜香腸（Choucroute garni）是用醋漬高麗
菜、培根和香腸一起燉煮的料理。類似德國的
醃酸菜（Sauerkraut）。

羅納・阿爾卑斯地區的多芬風味焗烤料理。這
道菜的特徵是馬鈴薯切薄片後，淋入牛奶與鮮
奶油後烘烤。這道簡單的料理和洛林鹹派一
樣，每個家庭會做不同的變化。

巴黎

朗格多克‧魯西永地區

普羅旺斯‧
阿爾卑斯藍岸地區

科西嘉島

普羅旺斯地區／朗格多克‧魯西永地區
藍岸地區／科西嘉島

《普羅旺斯地區》

此區面向地中海，可捕獲鱸魚、沙丁魚等豐富的海鮮食材。沿岸受溫暖的氣候影響，是法國國內蔬菜與水果產量第一的地方，茄子、青椒、櫛瓜或生食葡萄等的產量都很豐富。

這裡的代表性料理是使用了大量海鮮的馬賽魚湯（Bouilla-baisse）以及番紅花鮮魚湯。此外，使用了大蒜的大蒜蛋黃醬（Sauce Aioli）也是代表性的醬料，另外一種類似的佐醬是用蒜泥與美奶滋混製成的辣味大蒜蛋黃醬（Rouille）也相當有名，可以搭配田螺或馬賽魚湯食用。

《朗格多克‧魯西永地區》

此區也有豐富的漁產，最著名的兩大傳統菜餚是魚湯（Bourride）與奶油焗乾鱈（Brandade）。此外，豆子燜肉（Cassoulet）也是代表性菜餚，是用白四季豆與豬肉、羊肉或鵝肉等肉類一起燉煮的料理。此外，被葡萄園圍繞的卡卡頌城（Carcassonne）盛產葡萄酒，也有許多 AOC 認證的葡萄酒，是法國著名的葡萄酒產地之一。

《藍岸地區》

藍岸地區和普羅旺斯一樣，由於氣候溫暖，料理特色是使用大量的蔬菜。此區有許多著名菜餚，例如用黑橄欖果實、番茄、鯷魚和水煮蛋等混製成的尼斯風味沙拉，以及番茄、茄子等普羅旺斯蔬菜蒸煮的南法燉菜等。由於位於海岸邊，藍岸地區和普羅旺斯一樣有類似的海鮮料理。另外，有一種類似米菓，叫做豆餅（Socca）的點心也相當受歡迎。這是使用鷹嘴豆與橄欖油，放入烤箱烘烤而成的一種薄餅，很適合邊散步邊吃。

《科西嘉島》

科西嘉島在 18 世紀末之前一直被義大利殖民，食材的運用與法國本土不同。此區盛行畜牧業，有布羅秋乳酪（Broccio）、義式苟帕火腿（Coppa）或香腸等特產。另外，3～4 月復活節時會看到一種叫做菲亞多（Fiadone）的乳酪蛋糕，在義大利，這種蛋糕放的是里考塔乳酪（Ricotta），在科西嘉島則是用布羅秋乳酪（Broccio），這是兩地乳酪蛋糕最大的不同。

海鮮燉煮料理—馬賽魚湯（Bouillabaisse）。湯裡充滿鮮美的海鮮，通常會加入番紅花或大蒜等食材增加風味。

照片提供 jun / PIXTA

使用了南法採收的夏季蔬菜—南法燉菜（Ratatouille）。冷卻後食用也別有風味。

在南法許多地方都可看到的菜餚—豆子燜肉（Cassoulet）。風味會因使用的肉類而有所不同，每次的口感也有變化。

照片提供 bonchan / PIXTA

D 地區
南部・庇里牛斯地區

南部・庇里牛斯地區

　　南部・庇里牛斯地區位於法國西南部，包含了與西班牙交界的庇里牛斯山脈及延伸區域。這裡有許多觀光勝地，夏天適合避暑，冬天適合滑雪，很受觀光客喜愛。本區特產非常多，例如世界三大美食的鵝肝、松露、以及著名的洛克福藍黴乳酪、番紅花、核桃油、加斯科涅（Gascogne）黑豬、土魯斯（Toulouse）風味香腸等，此區同樣也享有「美食之城」的稱號。此地的傳統菜色有豆子燜肉（Cassoulet）、油封鴨（Confit de canard）等。其實這些菜餚不是只在庇里牛斯地區看得到，在法國各處都是常見的人氣料理，尤其是油封鴨，可以說是法國最具代表性的料理之一。

　　此外，如豬肉或家畜內臟的燉煮料理、蔬菜或培根燉煮小羊內臟等菜餚也很著名。紅酒燉公雞（Coq au Vin）在法國其他地區也很常見，不過此地的紅酒燉雞使用了阿瑪涅克產的白蘭地酒，風味獨特。乳酪方面，本區是世界三大藍黴乳酪之一的洛克福乳酪的生產地，也是第一個受到 AOC 認證的乳酪產品。

　　除了食物之外，本區也可以採收到品質優良的葡萄，也是高品質葡萄酒的生產地。其中卡奧爾（Cahors）地區所生產的葡萄酒，雖然是紅葡萄酒，不過因為顏色較濃，有黑葡萄酒之稱。此種酒含有相當豐富的多酚（Polyphenol），特徵是強烈的澀味。

法國鄉村料理的代表紅酒燉公雞（Coq au Vin）。此道菜與其他區域不同之處在於這裡是用紅酒與阿瑪涅克白蘭地浸泡烹調。

油封鴨。表面酥脆，鹹香十足，入口即化的鴨肉，正是油封鴨最大的魅力。

照片提供 kappaの旦那 / PIXTA

★巴黎

波爾多地區

巴斯克地區

E 地區
巴斯克地區／波爾多地區

《巴斯克地區》

巴斯克地區位於美食王國法國與西班牙（庇里牛斯山脈）的邊境。此區因為受到了法西兩國的影響而發展出獨自的文化。這裡盛產許多食材如鵝肝、松露、阿卡雄（Arcachon）牡蠣、核桃等。法國代表性的巴約納生火腿（Jambon de Bayonne）也是在巴斯克中部的城市巴約納所生產製造的。本區食材豐富，又被稱做「美食之地」。

巴斯克所產的艾斯伯萊特辣椒（Espelette），是烹調時的重要配角。著名的傳統家常菜有油封鵝肉以及用橄欖油清炒番茄、甜椒、大蒜、洋蔥等食材後以艾斯伯萊特辣椒調味的番茄甜椒炒蛋（Piperade）。

《波爾多地區》

波爾多位於大西洋海岸，臨庇里牛斯山與中央高原，是被海與山環繞的地方。此區的自然環境非常適合栽種葡萄，是法國著名的葡萄酒產地。波爾多葡萄酒的特徵是混合不同品種的葡萄釀製出一種葡萄酒。順帶一提，另一個著名的葡萄酒產地勃艮第，使用的則是單一品種的葡萄。

除了葡萄酒之外，阿卡雄（Arcachon）牡蠣、紅酒燉鰻魚（Matelote）等傳統菜也很常見。

此外，用小麥麵粉、砂糖、蛋、奶油與蘭姆酒混合後，塗上蜜蠟放進模型內烘烤的小甜點可麗露（Canelé）也很受歡迎。

番茄甜椒炒蛋（Piperade）菜名源自巴斯克語的「辣椒（Biperra）」，是一道很樸實的傳統燉煮料理，嚐得到蔬菜的鮮甜滋味。

可麗露（可露麗）的正式名稱是 Canelé de Bordeaux，原本是波爾多的修道院製作的點心。

19

F 地區
奧弗涅地區／利穆贊地區／勃艮第地區

《奧弗涅地區》

　　位於法國中央的山脈地帶。利用平緩的丘陵經營畜牧業，飼養出優質的豬隻與牛隻。因此這裡的豬肉加工品或乳酪產品很興盛。

《利穆贊地區》

　　和奧弗涅地區一樣，這裡也盛行畜牧業，豬肉與羊肉是主要的特產，「利穆贊牛」是非常高級的牛肉。此地也盛行野味料理，其中的兔肉料理（Chabessal）為傳統菜餚。

《勃艮第地區》

　　在勃艮第地區，最值得品嚐的特產是田螺與葡萄酒。高級的夏洛萊牛肉（Charolais）也很有名。

田螺料理就是用蝸牛烹調的料理。通常會出現在餐廳或小酒館前菜的菜單。

G 地區
羅亞爾河地區

　　以法國最長的羅亞爾河下游為中心的區域。由於地區特性的關係，此區常見淡水魚料理，如狗魚、鯡魚（Alose）或鰻魚等。在大西洋沿岸則有牡蠣或貽貝等養殖業，因此海鮮料理也很值得品嚐。

　　羅亞爾河地區的葡萄酒也很有名。因沿岸與內陸環境而異，這裡種植了各種不同品種的葡萄。與波爾多、勃艮第地區不同，可以用較低的價格喝到葡萄酒，也是此處的魅力之一。若用三項特點來形容羅亞爾河的葡萄酒，就是種類繁多、價格合理與品質優良。

　　此外，夏洛萊（Charolais）所飼養的白色大肉牛相當著名，是品質非常優良的牛肉。

Tarte Tatin（反轉蘋果塔）據說是發源於羅亞爾河地區，是將塔皮放於焦糖蘋果上方，再倒扣在盤中的點心。

H 地區
布列塔尼地區

　　布列塔尼位於法國的最西邊。沿岸可捕獲如狗魚、沙丁魚、牡蠣、扇貝或貽貝等海產。光是布列塔尼地區的漁獲量就佔了全國的三分之一。此外，這裡和其他地區的沿岸一樣，受到海洋的影響而氣候溫暖，因此也栽種了許多優質的蔬菜。內陸區有許多養豬農家，有許多近代化的肉品加工廠，豬肉的生產量佔了全國的一半。布列塔尼的代表性食物是用蕎麥粉做的可麗餅（Galette），可麗餅的內餡種類繁多，從火腿、果醬到冰淇淋應有盡有，可以當正餐，也可以是點心。另外，蘋果發酵後製成的蘋果酒（Cidre）也是此區的名產。可麗餅與蘋果酒是當地最受歡迎的人氣組合。

用蕎麥粉做出薄薄的餅皮，在餅皮上加入火腿、乳酪與雞蛋。Galette 有「煎的圓形薄餅」的意思。

照片提供 tucky / PIXTA

I 地區
諾曼第地區 / 皮卡第地區 / 北部・加來海峽地區

《諾曼第地區》

　　英國的代表菜多佛比目魚（Dover Sole）在諾曼第沿岸也是著名的特色料理。此區酪農業發達，大家熟知的卡門貝爾乳酪就是發源於此。另外還有將蘋果芯拔掉製成的烘焙點心布甸洛（Bourdelot）也是此地的特產。

《皮卡第地區》

　　此區肥沃與濕潤的土地栽種了各種蔬菜。使用野生鴨肉的亞眠（Amiens）肉派、韭蔥湯等是這裡的傳統菜。

《北部・加來海峽地區》

　　位於比利時的交界處，因此也會有比利時料理。特色料理蘿蔔燴肉塊（Hochepot）是類似蔬菜燉肉鍋（Pot-au-feu）的料理。

多佛比目魚在法國通常是整隻販售，在英國通常是以魚片的方式販售。Dover 是多佛海峽，Sole 則是比目魚。

法國的美食活動

了解法國飲食文化的絕佳機會

想了解法國的飲食文化，參加美食展或博覽會是最適合不過了。同一個會場裡，聚集了來自法國各地的食品、商品或加工業者的攤位，絕對是認識法國飲食文化的大好機會。幾乎所有的會場都可以當場購票，對觀光客而言也很方便。到了法國，除了造訪餐廳之外，這類的活動也很值得參加。

其中，比較受到囑目的活動是 2011 年開始，每年 9 月秋分時舉辦的美食祭。這是為了革新法國料理技術所舉辦的美食活動。雖然每年的內容會有所變動，但皆會請到高級餐廳的廚師公開自家食譜，教大眾烹煮美味料理，也會有美食知識的益智問答、巴黎尋寶等活動，同時全國也會有許多相關的活動。其中美食盡在餐廳（Tous au Restaurant）的活動，可以用比平日更便宜的價格享用餐廳的料理，也可以在網路上預約。

喜愛甜點的人可能聽過法國一年一度的巧克力博覽會（Salon du Chocolat），目前在日本、美國等地也會舉辦相同活動。除了著名的巧克力品牌將展示新作品之外，用巧克力製作的禮服服裝秀也是全場注目的焦點之一。

美食活動月曆

《2月》 Salon de l'Agriculture [salɔ̃ də lagrikyltyr]
國際農業博覽會
聚集了從法國各地來的牛隻、馬隻、葡萄酒、乳酪、蜂蜜等農產品。

《3月》 Salon Mer et Vigne et Gastronomie [salɔ̃ mɛr e viɲ e gastrɔnɔmi]
海產、葡萄酒與美食博覽會
除了海產與當地生產的葡萄酒之外,也有點心及加工品。於巴黎舉辦。

《4月》 Paris fermier [pari fɛrmje]
農產品博覽會
葡萄酒、食用肉、鵝肝醬、乳酪、蜂蜜等數百樣農產品會在此展示。於巴黎舉辦,
除了4月,10月也會舉辦。

《5月》 Foire de Paris [fwar də pari]
巴黎國際博覽會
巴黎代表性的綜合展覽會,相當受到國際各界矚目。

《9月》 Fête de la gastronomie [fɛt də la gastrɔnɔmi]
美食博覽會
以2010年法國料理名列UNESCO世界遺產為契機而舉辦的展覽。

《10月》 Salon du Chocolat [salɔ̃ dy ʃɔkɔla]
巧克力博覽會
充滿了許多巧克力商品,並邀請一流的巧克力師傅舉辦講座或做技術解說。

《10月》 La semaine du goût [la səmɛn dy gu]
味覺週
這是讓小朋友了解法國美食,以傳承法國的飲食文化為目的而舉辦的活動。

《10月》 Fête des Vendanges [fɛt de vɑ̃dɑ̃ʒ]
葡萄酒豐收節
在巴黎的蒙馬特舉辦,慶祝蒙馬特山丘葡萄豐收的祭典。

《11月》 Le beaujolais nouveau [lə boʒɔlɛ nuvo]
薄酒萊新酒解禁日
慶祝里昂郊外薄酒萊地區的葡萄酒新酒解禁,每年11月的第三個星期四為解
禁日,在酒吧、咖啡館、餐廳等店可以開始享用薄酒萊新酒。

美食博覽會（Fête de la gastronomie）的相關活動「美食盡在餐廳（Tous au Restaurant）」。一人點餐另一人免費，可以在平時不可能去的一流餐廳享用高級料理。

巧克力博覽會（Salon du Chocolat）除了試吃與販售，
還有知名巧克力大師現場示範，或是兒童廚藝教學等
活動。此外，巧克力服裝秀也很值得一看。

Column ①

法國人的日常飲食

　　住在美食王國的法國人一定經常到美味的高級餐廳用餐吧？其實一般法國人的飲食生活並非如此。法國人和我們一樣，只有值得紀念的日子才會到高級餐廳用餐，平常頂多在附近的小餐館吃飯。他們的早餐通常是牛奶咖啡與麵包（可頌或切片的長棍麵包塗上果醬或奶油）。午餐的話，市區的上班族大多是在咖啡館用餐或是外帶三明治。晚上回家後，做的也大多是生菜沙拉、乳酪或是煎些牛排之類的簡單料理。在法國，已烹調好的冷凍食品及熟菜也很普遍，其實這裡的冷凍食品品質都相當不錯，從肉類、蔬菜到點心都很美味。

　　法國人很喜歡吃除了豬肉之外的肉類（火腿等豬肉加工品不算）。豬肉被認為是比較粗俗的食物，因此並不受法國人的歡迎。玉米近來比較常出現在沙拉裡，不過法國人也以同樣的理由不喜歡。了解這些對於食材的不同看法，也是相當有趣的事。

依場景劃分
法語美食會話

收錄了在餐廳、咖啡館、麵包店、市集等不同場景必備的實用會話，還能學習基本禮儀與如何點餐，渡過愉快的用餐時光。

美食會話的使用方式

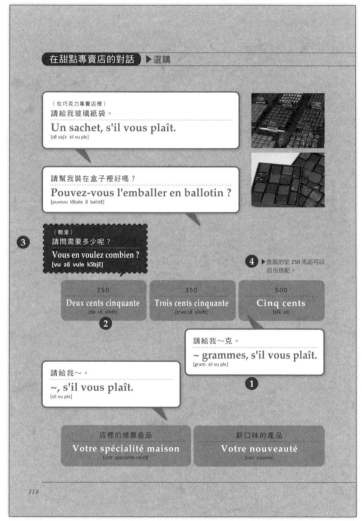

（在巧克力專賣店裡）
請給我玻璃紙袋。

Un sachet, s'il vous plaît.
[œ̃ saʃe sil vu ple]

請幫我裝在盒子裡好嗎？

Pouvez-vous l'emballer en ballotin ?
[puvevu lɑ̃bale ɑ̃ balɔtɛ̃]

3 （數量）
請問需要多少呢？

Vous en voulez combien ?
[vu zɑ̃ vule kɔ̃bjɛ̃]

4 ▶ 盒裝的從 250 克起可以
自由搭配。

250	350	500
Deux cents cinquante	**Trois cents cinquante**	**Cinq cents**
[dø sɑ̃ sɛ̃kɑ̃t]	[trwa sɑ̃ sɛ̃kɑ̃t]	[sɛ̃k sɑ̃]

2

請給我～克。

~ grammes, s'il vous plaît.
[gram sil vu ple]

1

請給我～。

~, s'il vous plaît.
[sil vu ple]

店裡的推薦產品	新口味的產品
Votre spécialité maison	**Votre nouveauté**
[votr spesialite mɛzɔ̃]	[votr nuvote]

接下來介紹美食會話的使用方式。
充分利用此書，到法國盡享美食樂趣吧。

❶❷ 自己想說的話　白色會話框裡的句子與所附的單字小框，是
自己想說的法語。若用手指著白框（會話）
與小框（單字），對方就會理解。

❸ 對方所說的話　黑色會話框裡的句子，是店員或對方常用的
句子。方便我們理解對方想說的話，也方便
對方指出他想說的話。

❹ 補充資訊　能讓用餐或對話更順暢所補充的小常識。

發現了看不懂的單字……
萬一菜單上出現看不懂的單字，請翻到 P201 的附錄「法語美食辭
典」查閱。這裡有許多關於法國料理的菜名、食材或烹調方式的說法
與介紹。

飲食之外的基本會話……
生病、詢問車站資訊、時間的說法等一般的日常會話，可以參考 P190
開始的「基本會話」。

會話的基本關鍵

會話最重要的關鍵就是要和對方心靈相通。因此,先來學最基本的招呼語吧!

早安。/ 晚安。

Bonjour. / Bonsoir.

[bɔ̃ʒur / bɔ̃swar]

進入任何一家店先說「Bonjour」或「Bonsoir」是很基本的禮貌,不發一語進入店內會讓人不太舒服。因此不管在車站的售票口,還是到旅館辦理入住,務必記得打招呼。

謝謝。

Merci.

[mɛrsi]

受到對方的幫忙,必須向對方表達感謝。侍者送菜上桌、或是收受商品時也同樣要表達感謝之意。隨時表達感謝之情,可以說是溝通與互動時很重要的潤滑劑。

再見。

Au revoir.

[o rəvwar]

事情辦完或結完帳要離開時請向對方說聲「Au revoir」。非正式的說法是「Salut」,類似我們說「嗨」或「掰掰」,見面或道別都可以使用。

請～。

S'il vous plaît.

[sil vu plɛ]

就算不懂法語也一定要會「名詞＋S'il vous plaît.」，這句話很實用，從點餐、請人幫忙到購物都用得到，指著想買的東西説「Ça, s'il vous plaît.（請給我這個）」，對方就知道你的意思。和「Pardon. / Excusez-moi.」一樣，也可以用來呼叫他人。

對不起。 / 不好意思。

Pardon. / Excusez-moi.

[pardɔ̃ / ɛkskyzemwa]

道歉或是詢問別人時所用的説法。和英語的「Pardon、Excuse me」用法相似。想請別人讓位或讓路時也可以使用。

謝謝。 / 很好吃。

Merci beaucoup. / C'est très bon.

[mɛrsi boku / sɛ trɛ bɔ̃]

享用完美味的餐點，通常會向店內的人表達感謝。法國料理通常份量比較多，如果吃不完，也要向對方説「很好吃」，以表達滿足的心情。摸摸肚子的動作也能讓對方理解你已經飽了。

如何解讀菜單上的菜名

　　不熟法語的人可能會對菜單上的菜名感到一頭霧水。法國餐廳內像是「Foie gras de canard aux truffes」等一長串的菜名比比皆是，如何解讀還真是令人傷腦筋。其實，只要抓住訣竅或了解單字的意義，並不難想像是怎樣的料理。

　　簡單來說，菜名的標示通常分為兩種形式。一種是用**專有名詞**來表示，例如 Café（濃縮咖啡）、Cassoulet（豆子燜肉）或 Croque-monsieur（法國香脆先生三明治）等等。

　　另一種則是**數個單字組合**起來的菜名。你會發現常在菜單上看到「à（à la～）、au、aux、en、de、avec」等字，這些單字通常是加在菜名或食材名上，它們是敘述烹調方式、狀態、產地、部位時的一些介系詞或縮合冠詞。例如前面提到的 Foie gras de canard aux truffes，Foie gras de canard 是「鴨肝（的）醬」、aux truffes 則是「佐松露」。也就是說，**只要看得懂介系詞與縮合冠詞前後的單字，就可以大概猜到菜餚的內容了。**這裡先介紹菜名上常看到的介系詞及縮合冠詞的用法、以及應用的例子。請多利用 P201 的「法語美食辭典」查詢單字的意思再解讀菜單。

介系詞（縮合冠詞）① 《à（au, aux）》

表示添加在料理內的東西、使用的烹調用具或熱源

菜名（食材名）	+	à（au, aux）	+	⋯⋯⋯⋯⋯⋯⋯⋯⋯

【例】

Tarte aux fruits ⋯⋯⋯⋯⋯ 水果塔
[tart o frɥi]

Homard au beurre blanc ⋯ 龍蝦佐奶油白醬
[ɔmar o bœr blɑ̃]　　　　　　（beurre＝奶油、 blanc＝白色的）

Saumon à la vapeur ⋯⋯⋯ 蒸鮭魚
[somɔ̃ a la vapœr]　　　　　　（vapeur＝蒸）

Soupe à l'oignon ⋯⋯⋯⋯⋯ 洋蔥湯
[sup a lɔɲɔ̃]

Filet de canard à la poêle ⋯ 平底鍋煎鴨胸肉
[filɛ də kanar a la pwal]　　　　（poêle＝煎鍋、平底鍋）

介系詞② 《en》

表示料理的狀態、烹調器具或覆蓋於料理上的食材

菜名（食材名）	+	en	+	⋯⋯⋯⋯⋯⋯⋯⋯⋯

【例】

Maquereau en escabèche ⋯ 油炸醃漬鯖魚
[makro ɑ̃ ɛskabɛʃ]　　　　　　（en escabèche ＝油炸後醃漬的）

Poulet en cocotte ⋯⋯⋯⋯ 燉雞
[pulɛ ɑ̃ kɔkɔt]　　　　　　　　（cocotte＝雙耳燉鍋）

Anguille en gelée ⋯⋯⋯⋯ 鰻魚肉凍
[ɑ̃gij ɑ̃ ʒəle]　　　　　　　　　（en gelée ＝肉凍狀態的）

Filet de bœuf en brioche ⋯ 布里歐修麵包捲牛菲力
[filɛ də bœf ɑ̃ brijɔʃ]　　　　　（en brioche ＝用布里歐修麵糰捲起來）

介系詞 ③　　《de》

表示主食材、產地及發源地。相當於中文「的」。

| 菜名（食材名） | + | de | + | .... |

【例】

Soupe de crevette .... 蝦湯
[sup də krəvɛt]

Cassoulet de Toulouse ...... 土魯斯豆子燜肉
[kasulɛ də tuluz]　　　　　　　（有一説法是土魯斯為豆子燜肉的發源地）

Canelé de Bordeaux .... 波爾多可麗露
[kanle də bɔrdo]　　　　　　　（波爾多為可麗露的發源地）

Ragoût de légumes .... 燉煮蔬菜
[ragu də legym]　　　　　　　（Ragoût＝燉煮）

Filet de canard à la poêle ... 平底鍋嫩煎鴨胸肉
[filɛ də kanar a la pwal]　　　（poêle＝平底鍋）

介系詞 ④　　《avec》

「與～一起」。常用於創意料理。

| 菜名（食材名） | + | avec | + | .... |

【例】

Potage de champignons avec gnocchi ...... 香菇濃湯佐義式麵疙瘩
[pɔtaʒ də ʃɑ̃piɲɔ̃ avɛk ɲɔki]

Salade avec foie gras .... 鵝肝醬沙拉
[salad avɛk fwa gra]

縮合冠詞與省略母音

　　法語的冠詞，就像是名詞戴著一頂帽子。冠詞有幾個不同種類，料理類使用的是 le（陽性單數定冠詞）、la（陰性單數定冠詞）與 les（複數定冠詞）三種（法語的名詞分為陽性與陰性名詞，對應的冠詞分別是 le 與 la）。當 le 與 les 碰到介系詞 à，會變成 au 與 aux，這就叫縮合冠詞，P33 的 Homard au beurre blanc 的 au 就是 à＋le；Tarte aux fruits 的 aux 則是 à＋les。

　　此外，法語還有個很重要的文法，叫做省略母音（élision）。我們都知道 le cassis（黑醋栗）和 la pomme（蘋果），分別是 le＋陽性名詞與 la＋陰性名詞。但是，碰到定冠詞＋母音開頭的單數名詞時，要變成「l'＋名詞」的形式，P33 的 Soupe à l'oignon 就是一個例子。同樣地，母音開頭的陽性名詞 ananas（鳳梨）加上定冠詞不是 le ananas，而是 l'ananas；而陰性名詞 orange（柳橙），加上定冠詞會變成 l'orange。

連接詞「et」與「ou」

　　菜單中也常出現連接詞 et 與 ou。et 在菜單中有「與～」的意思。例如 Consommé et soupe 是清湯與湯品，Crustacés et coquillages 則是帶殼海鮮與貝類的意思。

　　ou 在菜單中有「或」的意思。餐廳或小餐館的 Prix fixe（P41，可以選擇不同菜色的菜單）常常會看到這個字。例如 Confit de canard ou Homard grillé 就是可以選擇油封鴨肉或者烤龍蝦的意思。

Restaurant

在餐廳享用餐點

法國餐廳的形態

　　說到法國料理，大多數的人腦中都會浮現優雅高級的印象。不過，這只是法國料理一部分的形象，其實法國的餐館種類非常多元。因此，想要找到東西好吃、氣氛佳，又符合預算的店家，不妨先了解一下其中的差異。

　　法國的餐館大致分為 Restaurant（餐廳）、Bistro（小酒館，小餐館）以及 Brasserie（啤酒屋）等。

　　一般而言，Restaurant 指的是高級餐廳，對穿著打扮的要求比較高（參閱 P53），Restaurant 中最高級的餐廳叫做 Grande maison。Bistro 是一般的小餐館，提供家常菜或傳統料理，穿著輕便的服裝即可。Brasserie 原本的意思是「啤酒釀造所」，相當於啤酒屋，提供一些如 choucroute（酸菜香腸）等以輕食為主的餐點以及酒類，店內的氣氛比較輕鬆。

　　在法國，不管哪種形式的餐館價格都不便宜，換算成台幣的平均消費如下：餐廳大概 1800～2000 元，小餐館大約 700～1500 元，啤酒屋則是 500～750 元左右，有些店家的午餐比較便宜，不妨於中午造訪。

享受在地的「食」尚趨勢

在法國，不論高級餐廳或小餐館，都很喜歡強調自家特色，例如以創作料理、傳統家常菜或是魚肉爲主的特色菜，在導覽書上找餐廳資訊時，可以多注意每家餐廳的特色。另外，因爲法國的飲食趨勢經常在變，不妨以「體驗現在的食尚趨勢」爲目的來選擇餐廳。

雖然法國的創作料理非常多元，但是最近也開始有餐廳只提供廚師配好的菜色，這是因爲普通的餐廳無法預知點餐狀況，必須囤積各種食材，若是提供固定菜色就沒有這種顧慮，不僅可以大幅節省成本，也能夠選用最優質的新鮮食材。巴黎盧森堡公園附近的 Les Papilles 餐廳就是代表性店家。

Bistronomy（小餐館＋美食學＝Bistro＋Gastronomy）也是餐飲趨勢之一。這樣的餐館大多爲曾在名店工作過的實力派廚師，在樸實的餐館內，用合理的價位提供高品質的菜色，算是新型態的 Bistro。位於巴黎，身爲 Bistronomy 先驅的 La Régalade 幾乎每天都高朋滿座，很難訂位。

另外，健康取向的法國人喜歡到超市購買各種 Bio（有機食品，相當於英語的 organic）。在法國，除了蔬菜類，也可以看到有機的肉類或乳製品，甚至越來越多餐廳及小餐館，也開始強調自家提供的是有機食材。

時尚創意料理也包括家常菜與傳統
菜等等,可享受多樣化的餐點。

營業時間與套餐內容

在法國，晚餐時間大概是 8、9 點左右。而午餐時間大部分是從上午 11 點半營業至下午 2 點左右。啤酒屋多半是從中午營業到晚上，不過近年來巴黎也有 24 小時營業的啤酒屋。

大家應該都知道，法國料理通常是以套餐的形式上桌，傳統的套餐依序為開胃酒、開胃菜（Amuse-gueule，看菜單時，邊喝開胃酒邊吃的小菜）、前菜、湯品、魚肉料理、冰品（Granité）、肉類料理、沙拉、乳酪、甜點、咖啡或餐後酒。近年來，餐廳和小餐館的套餐往往只提供前菜、主菜（魚肉或肉類料理）、甜點和乳酪，開胃酒或咖啡要另外點，也有越來越多小餐館簡化成前菜＋主菜、主菜＋甜點或是單盤料理。啤酒屋一般沒有提供套餐，通常是單點輕食類與酒類一起享用。

因為餐廳與小餐館有提供套餐，用餐時間會比較長。若是在小餐館點單品料理的話，用餐時間會比較簡短。通常晚餐大概要吃 2 個小時，午餐大概是 1 個半小時左右。此外，某些前菜與主菜的份量差不多，整個套餐吃下來其實蠻有份量的。雖然法國人近來流行少食主義，到了餐廳還是會有「份量其實不少」的感覺。因此，當天不妨餓一下再到餐廳用餐。

菜單的形式與讀法

想到餐廳吃美味的食物，一定要學會菜單的讀法。「菜單」的法語叫做 Carte，Carte 又分成 À la carte、Menu、Prix fixe 等不同形式，菜單上會依不同形式寫出所提供的菜色名稱。

À la carte 包括前菜（Entrée）、主菜（Plat）、甜點（Dessert）等，主菜通常會再細分成肉類料理（Les viandes）與魚類料理（ Les poissons），可以從每個項目中選擇喜歡的菜色搭配成套餐，整體來說份量不少。點菜時，口味與食材盡量不要重複，不妨前菜與主菜各挑一種。

Menu 是店家配好的推薦套餐，由於食材的控管比較方便，價格通常較經濟實惠，偶爾也會推出不同主題的「季節限定 Menu」。Menu 和 À la carte 一樣，通常是吃完主菜後再視情況選擇甜點，所以有些店家的甜點、乳酪和飲料有另外的菜單。

Prix fixe 是介於 Menu 與 À la carte 之間的菜單。可以從店家選好的幾樣前菜（Entrée）、主菜（Plat）、甜點（Dessert）等項目中選擇自己喜歡的菜色。點餐時可以參考下一頁舉例的菜單、P46 組成菜單的基本用語，或 P47 料理常用的食材與烹調法等內容。

À la carte 與 Menu 併在一起的例子

à la carte （單品料理）

Les Entrées　前菜

Consommé de volaille ················· 8.00€
雞肉清湯

Crudités variées ················· 8.00€
生菜拼盤

Pâté de campagne ················· 10.00€
鄉村肉派（醬）

Avocat aux crevettes ················· 10.00€
酪梨鮮蝦

Terrine de saumon ················· 10.00€
鮭魚陶罐派

Assiette de charcuteries ················· 20.00€
火腿＆香腸類拼盤

Foie gras maison ················· 20.00€
自製鵝肝醬

Les Viandes　肉類料理

Steak au poivre ················· 21.00€
黑胡椒醬牛排

Escalope de veau ················· 20.50€
小牛肉片

Confit de canard ················· 21.00€
油封鴨肉

Fricassée de poulet ················· 19.50€
法式奶油白酒燉雞

Lapin rôti au four ················· 23.50€
香烤兔肉

Les Poissons 魚類料理

Filet de loup poêlé ·················· 18.00€
平底鍋煎狗魚片

Daurade au four ·················· 17.50€
烤香草鯛魚

Sole meunière ·················· 17.00€
法式奶油嫩煎魚排

Homard grillé ·················· 21.00€
烤龍蝦

Brochette de St-Jacques ·················· 17.00€
扇貝烤串

Les Desserts 甜點

Crème brûlée·················· 7.00€
法式烤布蕾

Compote de pommes ·················· 7.00€
糖漬蘋果

Granité de framboise ·················· 7.00€
覆盆子冰沙

 *Menu* 套餐 ·················· 30.00€

Crudités variées
生菜拼盤

Confit de canard
油封鴨肉

Dessert au choix
甜品

taxes et service compris 含稅與服務費

Prix fixe 菜單的例子

 ·························· 40.00€

hors boissons　飲料另計

Les Entrées　前菜

Terrine de lapin aux herbes potagères
香草兔肉陶罐派

Saumon mariné sur coulis de concombre
醃鮭魚佐小黃瓜醬

Velouté de champignon
洋菇佐天鵝絨白醬

6 huître N° 2
生蠔 6 個（尺寸等級為 2 號）

Les Plats　主菜

Cannelloni océan
海鮮義大利麵捲

Rognons de veau rôtis au citron
檸檬風味烤小牛肝

Magret de canard
專產鴨肝的鴨肉（胸肉）料理

Thon mi-cuit aux sésames
芝麻風味半熟鮪魚

Le fromage ou Les desserts　乳酪或甜點

Brie au beurre de noix
布里乳酪佐核桃奶油

Glaces ou sorbets de saison
時令雪酪或冰淇淋

Fondant au chocolat
巧克力熔岩蛋糕

Champagne 香檳酒

Btlle 75cf · 1 / 2Btlle 37.5cf
一瓶裝 · 半瓶裝

Champagne Pommery 波茉莉香檳	40.00€	20.00€
Moët & Chandon brut impérial 銘悅香檳	60.00€	30.00€
Veuve Clicquot 凱歌香檳	40.00€	20.00€
Taittinger Rosé 泰廷玫瑰香檳	42.00€	21.00€

Apéritifs 開胃酒

Coupe de champagne 香檳（一杯） ··· 8.00€

Apéritif maison 自製開胃酒 ······ 6.00€

Kir 基爾酒 ······ 6.00€

Porto 波特酒 ······ 5.50€

Cocktails 雞尾酒

Gin tonic 琴酒 ······ 8.00€

Mojito 摩奇多 ······ 8.00€

Margarita 瑪格麗特 ······ 8.00€

Pina colada 鳳梨可樂達 ······ 8.00€

Boissons chaudes 熱飲

Café 濃縮咖啡 ······ 2.00€

Café noisette 加了少許鮮奶的濃縮咖啡 ······ 3.00€

Café au lait 牛奶咖啡（咖啡歐蕾） ······ 4.50€

Thé 紅茶 ······ 4.00€

Infusion 花草茶 ······ 4.00€

Boissons fraîches 冷飲

Cola 可樂 ······ 3.50€

Orange pressée 鮮搾柳橙汁 ······ 5.50€

Limonade 檸檬水 ······ 3.50€

Evian 依雲天然礦泉水 ······ 2.50€

Perrier 沛綠雅氣泡礦泉水 ······ 2.50€

組成菜單的基本用語

Apéritif [aperitif] ·· 開胃酒

Boissons chaudes [bwasɔ̃ ʃod] ························· 熱飲

Boissons fraîches [bwasɔ̃ frɛʃ] ······················ 冷飲

Carte [kart] ·· 菜單

Champagne [ʃɑ̃paɲ] ····································· 香檳酒

Déjeuner [deʒœne] ······································· 午餐

Dessert [desɛr] ··· 甜點

Digestif [diʒɛstif] ··· 餐後酒

Dîner [dine] ·· 晚餐

Eau [o] ··· 水

Entrée [ɑ̃tre] ··· 前菜

Formule [fɔrmyl] ············ 套餐（通常指前菜＋主菜或主菜＋甜點）

Fromage [frɔmaʒ] ······································· 乳酪

Fruits de mer [frɥi də mɛr] ·························· 海鮮

Gibier [ʒibje] ························ 野味料理，狩獵肉料理

Hors [ɔr] ·················· 除～外（例：**Hors Boissons** 飲料另計）

Hors-d'œuvre [ɔrdœvr] ······························· 開胃菜

Menu [məny] ·· 套餐

Menu dégustation [məny degystasjɔ̃] ············ 主廚推薦套餐

Menu gastronomique [məny gastrɔnɔmik] ······ 豪華推薦套餐

Plat [pla] ·· 主菜

Plat du jour [pla dy ʒur] ··························· 本日推薦菜色

Poissons [pwasɔ̃] ·· 魚肉料理

Service compris [sɛrvis kɔ̃pri] ······················ 含稅

Viandes [vjɑ̃d] ··· 肉類料理

Vin [vɛ̃] ··· 葡萄酒

點菜時的實用單字

餐廳

【 常做為前菜（Entrée）的食材與料理 】

Bisque [bisk] ·········· 蟹或蝦的濃湯
Canapé [kanape] ·········· 麵包切片後塗上醬料，擺上配料的手指點心
Charcuterie [ʃarkytri] ·········· 肉醬或香腸等豬肉加工品
Consommé [kɔ̃sɔme] ·········· 法式清湯
Escargot [ɛskargo] ·········· 蝸牛、田螺
Huître [ɥitr] ·········· 生蠔、牡蠣
Jambon [ʒɑ̃bɔ̃] ·········· 火腿
Pâté [pate] ·········· 肉醬、肉派
Potage [pɔtaʒ] ·········· 濃湯
Quiche [kiʃ] ·········· 法式鹹派
Saumon [somɔ̃] ·········· 鮭魚
Soupe [sup] ·········· 湯品
Terrine [tɛrin] ·········· 陶罐肉派

【 經常出現在魚肉料理（Poisson）的食材 】

Anguille [ɑ̃gij] ·········· 鰻魚
Bar [bar] ·········· 海鱸魚
Coquille Saint-Jacques [kɔkij sɛ̃ʒak] ·········· 扇貝
Crevette [krəvɛt] ·········· 蝦子
Dorade、Pageot [dɔrad]、[paʒo] ·········· 鯛魚
Hareng [arɑ̃] ·········· 鯡魚
Homard [ɔmar] ·········· 龍蝦
Maquereau [makro] ·········· 鯖魚
Moule [mul] ·········· 貽貝（淡菜）
Sardine [sardin] ·········· 沙丁魚
Sole [sɔl] ·········· 比目魚
Thon [tɔ̃] ·········· 鮪魚

47

點菜時的實用單字

【常出現在肉類料理（Viande）的食材】

Agneau [aɲo] ··· 小羊

Bœuf [bœf] ··· 牛肉

Boudin [budɛ̃] ····················· 內臟腸（也有不含血的 **Boudin blanc**）

Canard [kanar] ·· 鴨肉

Lapin [lapɛ̃] ··· 兔肉

Pintade [pɛ̃tad] ·· 珍珠雞

Poulet [pulɛ] ··· 雞肉

Veau [vo] ··· 小牛

【菜單中常見的料理方式‧烹調狀態】

Bouille [buj] ··· 水煮的

Cru [kry] ·· 生的

Farci [farsi] ··· 填塞食材的

Frit [fri] ·· 油炸的

Fumé [fyme] ··· 燻製的

Gelé [ʒəle] ··· 果凍狀的

Grillé [grije] ··· 在烤架上烤的

Jus [ʒy] ····································· 果汁、肉汁、湯汁、高湯

Pané [pane] ··· 裹上麵衣的

Poêlé [pwale] ·· 用平底鍋煎的

Ragoût [ragu] ··· 燉煮

Rôti [rɔti] ··· 燒烤

Sauté [sote] ·· 嫩煎（或炒）

餐廳訂位

　　在法國到餐廳用餐，事先打電話訂位是基本常識。若想在週末期間到米其林星級的高級餐廳用餐，必須提前一個月左右訂位。小餐館最好也先訂位會比較安心，啤酒屋則不需要訂位。

　　法國的餐廳多半可以用英文溝通，對英文有自信的人可以直接打電話訂位，告知用餐日期、人數與聯絡方式即可（有些高級餐廳會在前幾天再次確認）。有些店家也接受網路訂位。

　　對語言比較沒自信的人，可以用下列的方式訂位。一種是透過信用卡公司或旅行社代訂，最好在訂位之前先確認是否有此項服務。另一種是透過住宿旅館的櫃檯人員，事先在便條紙上寫好餐廳名稱、用餐日期與用餐人數，將便條紙交給櫃檯人員就可以了。請參考以下的寫法：

Restaurant la Vieille Paris
餐廳名稱

24/04/2014
日/月/年

20 : 00
時間

3 couverts
人數

※couvert 原本的意思是一人份的餐具與餐巾，這裡指的是訂位人數

Hanako Yamada
訂位者的名字

請問可以幫我代訂餐廳嗎？

Est-ce que vous pouvez réserver dans ce restaurant pour moi ?

[ɛskə vu puve rezɛrve dɑ̃ sə rɛstɔrɑ̃ pur mwa]

訂好位了。

J'ai réservé.

[ʒe rezɛrve]

很抱歉，已經客滿了。

Désolé, c'est complet.

[dezɔle sɛ kɔ̃plɛ]

預約餐廳時的實用單字

※日期說法請參考 P193

[時間]

11:30	11 heures 30	[ɔ̃zœr trɑ̃t]
12:00	midi	[midi]
12:30	midi et demi	[midi e dəmi]
13:00	13 heures	[trɛzœr]
13:30	13 heures 30	[trɛzœr trɑ̃t]
14:00	14 heures	[katɔrzœr]
19:00	19 heures	[diznœfœr]
19:30	19 heures 30	[diznœfœr trɑ̃t]
20:00	20 heures	[vɛ̃tœr]
20:30	20 heures 30	[vɛ̃tœr trɑ̃t]
21:00	21 heures	[vɛ̃teynœr]

[人數]

1	un	[œ̃]（後接陽性名詞）	5	cinq	[sɛ̃k]
	une	[yn]（後接陰性名詞）	6	six	[sis]
2	deux	[dø]	7	sept	[sɛt]
3	trois	[trwa]	8	huit	[ɥit]
4	quatre	[katr]	9	neuf	[nœf]
			10	dix	[dis]

003

在餐廳裡的對話　　▶進入店裡

晚安（早安，您好）。我是訂位的～。

Bonsoir (Bonjour),
j'ai réservé au nom de Monsieur (Mademoiselle / Madame)~.
[bɔ̃swar (bɔ̃ʒur) ʒɛ rezɛrve o nɔ̃ də məsjø (madmwazɛl / madam)]

▶男性是 Monsieur，未婚女性是 Mademoiselle，已婚女性是 Madame。

Par ici, s'il vous plaît.
[par isi sil vu plɛ]
請跟我來。

Patientez un instant, s'il vous plaît.
[pasjɑ̃te œ̃ nɛ̃stɑ̃ sil vu plɛ]
請稍等，我為您帶位。

晚安（早安，您好）。～位。

Bonsoir (Bonjour),**~personne(s) s'il vous plaît.**
[bɔ̃swar (bɔ̃ʒur) pɛrsɔn sil vu plɛ]

▶如果沒訂位，進店時請告知人數。若對方說 Complet 就是「客滿」的意思。

une	deux	trois	quatre	cinq
[yn]	[dø]	[trwa]	[katr]	[sɛ̃k]
1	2	3	4	5

那我改天再來好了，請問可以現在訂位嗎？

Je viendrai un autre jour. Est-ce que je peux réserver maintenant ?
[ʒə vjɛ̃dre œ̃notr ʒur ɛskə ʒə pø rezɛrve mɛ̃tnɑ̃]

▶若餐廳已客滿，可以當場預約。將寫好的便條紙（參考 P50）交給侍者即可。

請給我菜單。

La carte, s'il vous plaît.
[la kart sil vu plɛ]

請問有～嗎？

Avez-vous~?
[avevu]

中文菜單	英文菜單
une carte en chinois [yn kart ã ʃinwa]	**une carte en anglais** [yn kart ãnãglɛ]

餐廳的衣著要求與禮儀

　　在正式餐廳用餐，通常男性必須穿著西裝，女性必須穿著優雅的洋裝或套裝。有些人或許覺得很麻煩，不過偶爾遠離日常生活，進入奢華的世界也不錯。不需刻意，試著稍微享受盛裝用餐帶來的樂趣。法國近年來有些餐廳開始走休閒風，並不會特別要求穿著。但既然到了異國，不妨好好感受氣氛，建議還是穿著正式的服裝到餐廳用餐。

　　進入店內時，男性在前方是基本禮儀（進家中飯廳也是如此），高級餐廳的話請告知接待人員，若無接待人員則告知首席領班（maître d'hôtel）自己的姓名，領班即會為你帶位。入座後，侍者會問是否要點開胃酒，如果想喝的話就點，不想喝的話也不用勉強。

004

在餐廳裡的對話 ▶點餐

想喝點開胃酒嗎？
Voulez-vous un apéritif ?
[vulevu œ̃naperitif]

香檳酒	自製開胃酒
coupe de champagne [kup də ʃɑ̃paɲ]	**apéritif maison** [aperitif mɛzɔ̃]

波特酒	馬丁尼酒	基爾酒
porto [pɔrto]	**martini** [martini]	**kir** [kir]

皇家基爾酒	茴香酒	麝香葡萄酒
kir royal [kir rwajal]	**pastis** [pastis]	**muscat** [myska]

不用了，謝謝。
Non merci.
[nɔ̃ mɛrsi]

～請給我～。
Un(une)~, s'il vous plaît.
[œ̃ (yn) sil vu plɛ]

▶菜單上的茴香酒可能會寫著 Ricard 等品牌名稱。麝香葡萄酒是帶有甜味的葡萄酒。

請問決定好了嗎？
Avez-vous choisi ?
[avevu ʃwazi]

還沒。
Non, pas encore.
[nɔ̃ pazɑ̃kɔr]

決定好了。
Oui, s'il vous plaît.
[wi sil vu plɛ]

請給我～。
~ , s'il vous plaît.
[sil vu plɛ]

這個	這個和那個
Ça [sa]	**Ça et ça** [sa e sa]

請問有推薦的～嗎？

Qu'est-ce que vous me conseillez comme ~ ?
[kɛskə vu mə kɔ̃sɛje kɔm]

前菜	主菜	甜點
entrée	**plat**	**dessert**
[ɑ̃tre]	[pla]	[desɛʁ]

▶餐廳或小餐館通常是吃完主菜後才會點甜點。

～是什麼？

Quel(quelle) est ~?
[kɛlɛ]

店裡最多人點的料理
votre plat le plus commandé
[vɔtʁ pla lə ply kɔmɑ̃de]

店裡的招牌菜
la spécialité maison
[la spesjalite mɛzɔ̃]

地區特色菜
la spécialité de la région
[la spesjalite də la ʁeʒjɔ̃]

請幫我在菜單上指出來好嗎？

Montrez le moi sur la carte, s'il vous plaît.
[mɔ̃tre lə mwa syʁ la kaʁt sil vu plɛ]

味道是～嗎？
C'est ~?
[sɛ]

甜的	鹹的	辛辣的	香料味的
sucré [sykre]	**salé** [sale]	**piquant** [pikɑ̃]	**épicé** [epise]

清爽的	濃郁的	酸的	溫和的
léger [leʒe]	**lourd** [lur]	**acide** [asid]	**doux** [du]

我對～過敏。
Je suis allergique au (à la/aux) ~.
[ʒə sɥi zalɛrʒik o (a la/o)]

大豆
soja [sɔʒa]

花生	蛋	牛奶
arachide / cacahuète [araʃid / kakawɛt]	**œuf** [œf]	**lait** [lɛ]

帶殼海鮮類	牡蠣，生蠔	蕎麥	麩質
crustacés [krystase]	**huître** [ɥitr]	**sarrasin** [sarazɛ̃]	**gluten** [glytɛn]

份量～嗎？
C'est ~ ?
[sɛ]

多的	少的	普通的
copieux [kɔpjø]	**peu** [pø]	**moyen** [mwajɛ̃]

請問（肉類）烹調熟度要幾分熟？
Quelle cuisson désirez-vous ?
[kɛl kɥisɔ̃ dezirevu]

全熟	五分熟	三分熟	一分熟（幾乎是生的）
Bien cuit	**À point**	**Saignant**	**Bleu**
[bjɛ̃ kɥi]	[a pwɛ̃]	[sɛɲɑ̃]	[blø]

▶點牛排或鮪魚等肉類料理時侍者會詢問。

請給我～。
~ , s'il vous plaît.
[sil vu plɛ]

要喝點酒嗎？
Voulez-vous du vin?
[vulevu dy vɛ̃]

紅酒	白酒	玫瑰酒	乾的
Vin rouge	**Vin blanc**	**Vin rosé**	**Sec**
[vɛ̃ ruʒ]	[vɛ̃ blɑ̃]	[vɛ̃ roze]	[sɛk]

淡的	濃的	有果香的	甜味
Léger	**Charpenté**	**Fruité**	**Doux**
[leʒe]	[ʃarpɑ̃te]	[frɥite]	[du]

▶葡萄酒的口味與產地請參閱 P148。

請給我～。
~ , s'il vous plaît.
[sil vu plɛ]

一杯	半瓶	一瓶
Un verre	**Une demi bouteille**	**Une bouteille**
[œ̃ vɛr]	[yn dəmi butɛj]	[yn butɛj]

▶Un verre 是一杯。如果要點好幾杯，請把 Un 換成其他數字
（P100）。不喝酒的話也可以只點水（P59）。

請問有推薦適合搭配前菜（主菜、這道菜）的葡萄酒嗎？

Quel vin me conseillez-vous avec cette entrée (ce plat) ?

[kɛl vɛ̃ mə kɔ̃sejevu avɛk sɛtɑ̃tre (sə pla)]

多少錢？

C'est combien ?

[sɛ kɔ̃bjɛ̃]

▶詢問侍者推薦的酒類價格時可以這麼問。

有沒有便宜一點的酒呢？

Avez-vous du vin moins cher ?

[avevu dy vɛ̃ mwɛ̃ ʃɛr]

享受品酒的樂趣

　　到餐廳或高級酒館用餐時，通常在點完菜後，侍者會詢問是否要點葡萄酒。點葡萄酒時，請具體告知預算及喜好的口味等條件。如果點的是以瓶為單位，侍者會請顧客確認酒標是否正確。軟木塞打開後，侍者會在餐桌主人的酒杯裡先倒入少量的酒，並不是要品嚐口味，而是請主人確認是否有不正常的味道，若沒問題就說 OK。

　　用餐中若是酒杯空了，可以等待侍酒師來倒酒，也可以輕聲呼喚 s'il vous plaît（麻煩您～），請服務生幫忙。若是在工作人員較少的小餐館裡，自己倒酒也沒問題，請依狀況自行判斷。請注意乾杯時酒杯碰撞是有違禮儀的。

請給我～。

~ , s'il vous plaît.
[sil vu plɛ]

▶如果你點的是收費的汽泡水或礦
泉水（如 Evian 等品牌），侍者
可能會問你想要的容量。大瓶的
是 grande[grɑ̃d]，小瓶的是 petite
[pətit]。

汽泡水
De l'eau gazeuse
[də lo gazøz]

無汽泡的水
De l'eau plate
[də lo plat]

壺裝水（水龍頭水，自來水）
Une carafe d'eau
[yn karaf do]

關於水

　　在餐廳或小餐館用餐時，若不點葡萄酒的話，餐廳通常會提供一
般的水。carafe 是裝在水壺裡的免費自來水。巴黎的自來水是硬水，
喝起來味道可能不太一樣，但水質是沒問題的。若想點額外收費的礦
泉水，侍者通常會推薦店內有的品牌（無汽泡水有 Vittel、Evian，汽
泡水有 Perrier、 Badoit 等品牌），可以接受的話就說 OK。入座之
後，桌上會有小的酒杯與較大的水杯，請將水倒進玻璃水杯中飲用。

關於麵包

　　入座之後，侍者會送來免費麵包（有時會在前菜之前送來），可
以馬上吃。吃麵包的時候，從籃內取出，用手捏成一口大小再送入口
中是比較優雅的吃法。在庶民化的餐廳或小餐館裡，醬料可以直接用
湯匙挖取食用，但在高級餐廳內就有失禮儀了。此外，主菜用完後所
點的乳酪，可以夾入麵包內食用。麵包基本上可以無限追加，不過在
小餐館等比較實惠的餐館裡，可能會收取額外的費用。

請幫我拿～。

Apportez-moi du (de la)~ / un (une)~, s'il vous plaît.
[apɔrtemwa dy (də la) / œ̃ (yn) sil vu plɛ]

麵包	鹽	砂糖	芥末醬
pain	**sel**	**sucre**	**moutarde**
[pɛ̃]	[sɛl]	[sykr]	[mutard]

叉子	刀子	湯匙	餐巾
fourchette	**couteau**	**cuillère**	**serviette**
[furʃɛt]	[kuto]	[kɥijɛr]	[sɛrvjɛt]

▶碰到鹽、砂糖、芥末醬等不可數名詞時，請用 du（de la）。Un（Une）可以替換成
其他數字（P100）。

可以換～嗎？

Est-ce que je peux changer de ~?
[ɛskə ʒə pø ʃãʒe də]

前菜	主菜	甜點	葡萄酒
entrée	**plat**	**dessert**	**vin**
[ãtre]	[pla]	[desɛr]	[vɛ̃]

我點的東西還沒來。

Mon plat n'est pas encore arrivé.
[mɔ̃ pla nɛ pazɑ̃kɔr arive]

我幫您確認一下。

Je vais le vérifier.
[ʒə vɛ lə verifje]

馬上為您送來。

Il arrive tout de suite.
[ilariv tu də sɥit]

我沒有點這個。

Je n'ai pas commandé cela.
[ʒə nɛ pa kɔmɑ̃de səla]

合您的口味嗎？

Ça vous plaît?
[sa vu plɛ]

是的，很好吃。

Oui, c'est bon.
[wi sɛ bɔ̃]

（侍者收拾未吃完的餐盤時）

我很飽了，很好吃。

Je n'ai plus faim, mais c'était bon.
[ʒə nɛ ply fɛ̃ mɛ setɛ bɔ̃]

▶摸摸肚子向對方表示吃飽了。

想吃甜點嗎？
Voulez-vous un dessert ?
[vulevu œ̃ desɛr]

苦味的	清爽的	濃稠的	有果香的
amer	**léger**	**crémeux**	**fruité**
[amɛr]	[leʒe]	[kremø]	[frɥite]

～口味的甜點是哪個？
Quel dessert est ~?
[kɛl desɛr ɛ]

有～甜點嗎？
Avez-vous un dessert ~?
[avevu œ̃ desɛr]

熱的	冷的
chaud	**froid**
[ʃo]	[frwa]

請問～的乳酪是哪一個？
J'aimerais savoir quel fromage est à ~?
[ʒɛmrɛ savwar kɛl frɔmaʒ ɛ ta]

白黴型	水洗式
pâte molle à croûte fleurie	**pâte molle à croûte lavée**
[pat mɔl a krut flœri]	[pat mɔl a krut lave]

藍黴型	半硬質	硬質
pâte persillée	**pâte pressée non cuite**	**pâte pressée cuite**
[pat pɛrsije]	[pat prɛse nɔ̃ kɥit]	[pat prɛse kɥit]

山羊奶的	新鮮的
au lait de chèvre	**pâte fraîche**
[o lɛ də ʃɛvr]	[pat frɛʃ]

▶用乳酪代替甜點也是不錯的選擇。各種乳酪的特徵請參閱 P135。

62

請問有乳酪拼盤嗎？

Avez-vous une assiette de fromages ?
[avevu yn asjɛt də frɔmaʒ]

請給我一杯～。

Un(une)~, s'il vous plaît.
[œ̃ (yn) sil vu plɛ]

濃縮咖啡	加了少許鮮奶的濃縮咖啡	淡咖啡	紅茶
café [kafe]	**café noisette** [kafe nwazɛt]	**café allongé** [kafe alɔ̃ʒe]	**thé** [te]

花草茶	卡巴度斯蘋果酒	櫻桃酒	阿瑪涅克白蘭地酒
infusion [ɛ̃fyzjɔ̃]	**calvados** [kalvados]	**kirsch** [kirʃ]	**armagnac** [armaɲak]

干邑酒	香梨甜酒
cognac [kɔɲak]	**poire williams** [pwar wiljams]

餐後飲料

餐後一般會提供紅茶或咖啡等飲料（高級餐廳或小餐館飲料要另外點），在高級餐廳或小餐館，通常喝完飲料後，侍者會詢問是否要點餐後酒。餐後酒一般以水果蒸餾酒為主，calvados 是用蘋果、kirch 是用櫻桃、poire williams 是用洋梨（威廉品種）做為原料釀製成的酒。

在餐廳裡的對話 ▶結帳

我可以〜嗎？

Est-ce que je peux ~?
[ɛskə ʒə pø]

結帳

demander l'addition
[dəmɑ̃de ladisjɔ̃]

拿收據

avoir une facture
[avwar yn faktyr]

用信用卡支付

payer par carte
[pɛje par kart]

分開結帳

payer séparément
[pɛje separemɑ̃]

▶小費通常含在服務費裡，不須額外支付。如果在菜單或收據裡看到寫著 service compris 的話，就代表含服務費。若在高級餐廳用餐或有接受特別服務的話，大約支付餐費 10〜20% 的小費即可。

請問洗手間在哪裡？

Où sont les toilettes ?
[u sɔ̃ le twalɛt]

請問有店內名片嗎？

Avez-vous une carte de visite ?
[avevu yn kart də vizit]

謝謝。再見。

Merci beaucoup. Au revoir.
[mɛrsi boku o rəvwar]

Boco
[boko]

[地址]　3 rue Danielle Casanova 75001 Paris
　　　Tel: 01 42 61 17 67
　　　Pyramides（地鐵 7 號線、14 號線）
　　　Tuileries（地鐵 1 號線）
　　　11:00～22:00　※週日公休

店內貼有大廚們的照片。不用刻意跑遠就
能吃到名廚設計的菜餚，正是巴黎人喜愛
這家店的原因。

享受實惠的價格與一流的服務

　　「歌劇院區」有巴黎歌劇院以及羅浮宮等許多歷史建
築，是觀光客聚集的場所。這一區除了是巴黎的人氣觀光
景點，同時也是商業區，因此也會看到出來吃午餐的巴黎
上班族。

　　其中有一間相當受歡迎的午餐店，就是完全有機的餐
廳「Boco」。餐廳之所以命名為「Boco」，是因為店內
的料理都放在附蓋子的玻璃保鮮罐（Bocaux）裡面。這些
用有機食材做成的前菜、主菜、甚至甜點都裝在玻璃保鮮
罐內，種類非常豐富。

　　這間店由美食記者 Vincent Ferniot 與從事旅館業的
弟弟 Simon 共同創立，兩兄弟想出了「用經濟實惠的價
格，吃到米其林名廚做的 100% 有機餐點」的飲食概念，
只要 15 歐元左右就能品嚐一流廚師的料理，非常吸引
人。合作的廚師包括 Anne-Sophie Pic、Christophe
Michalak、Emmanuel Renaut 等活躍於法國各地的米
其林三星廚師。

　　店內每日更換的商業午餐，有「前菜＋主菜＋甜點」
的組合，價格非常實惠。此外，店內的料理也可以外帶
（容器費用另計），對於時間寶貴的觀光客而言，能在這
裡享受到不同廚師做的法國料理，真是一大福音。近來店
內的午餐也相當受觀光客歡迎。

前菜、主菜及甜點都放在
玻璃保鮮罐內。

店鋪外觀走休閒風，氣氛
輕鬆。午餐時間經常要排
隊，相當受歡迎。

（上）除了套餐之外，也可以單點。選好自己喜歡的菜之後
到收銀台結帳即可。店內的食物都非常地美味。（下）店內
也有販售葡萄酒或醋類商品，當然也全都是有機產品。

abri

[abri]

[地址]	92 rue du Faubourg Poissonnière
	75010 Paris
	Tel: 01 83 97 00 00
	Poissonnière（地鐵 7 號線）
	12:30～14:00、19:30～22:00
	※週日・週一晚間公休

店家的商標為平面設計師
瀨崎洋一郎所設計。

日本人經營、有著實惠價格與舒適環境的餐廳

2012 年 8 月，由日本人經營、連巴黎的導覽書都認可的餐廳 abri 在巴黎開幕了。

abri 由沖山克昭與森下亮共同經營，工作人員皆為日本人。主廚沖山先生到了法國之後，曾在各城鎮研習，也待過 LA TABLE de Joël Robuchon、Taillevent 等知名餐廳，累積了相當豐富的經驗。後來任職 Agapé 的副料理長，協助主廚 Bertrand Grébaut 獲得了米其林一星的榮耀。

負責人森下先生則是積極與許多服務業合作，店內也接受各種業務洽談。

菜單上豐富的菜色以及經濟實惠的價格是大受好評的原因。午餐有兩道前菜、主菜（可以選擇魚類或肉類）和甜點，22 歐元。晚餐則是三道前菜、魚類和肉類主菜和甜點，38.50 歐元。週一與週六的午餐也有販售充滿日本風味的特製炸豬排三明治，可以搭配有機飲料變成套餐，13 歐元。

「abri」是山中小屋、避難小屋的意思。除了能在空間舒適的店內享用主廚匠心獨具的料理，還能體驗森下先生等人提供的優質服務，從肚子到內心都被徹底撫慰，是讓人想一再造訪的店。

創意的高品質料理與合理的價格是受歡迎的原
因。套餐由主廚決定菜色,經常會更換。

店面中央是開放式廚
房,現場烹調的氣氛
能提高顧客的期待
度。

Café & Salon de the

咖啡館與茶館

可以喝茶與享用輕食的咖啡館

　　法國擁有引以爲傲的咖啡文化，最早的咖啡專賣店據說是從 17 世紀開始。過去畢卡索、蘭波等文人、思想家與革命家都喜歡聚集在咖啡館密會，咖啡館不僅是喝咖啡休息的地方，更是人們互動交流的場所，這一點從古至今都沒有改變。

　　對旅客來說，咖啡館除了休息，還能花比較少的時間與金錢用餐，相當便利。法國咖啡館除了飲料之外，也會提供三明治、蛋捲、牛排料理或法式鹹派等輕食或比較樸實的菜餚，也有套餐的選擇。許多咖啡店從早上營業到夜晚，相當令人開心。

　　或許因爲法國咖啡館的歷史並不算悠久，所以不管哪一家店其實都差不多（穿著黑色背心的侍者、藤椅、濃縮咖啡等）。不過，近來許多店家（P92）受到特色咖啡館林立的美國、北歐及日本的影響，裝潢開始走時尚設計風，試圖打造更舒適的空間，而店家對於咖啡的口味、烘焙技術、咖啡豆的品質也都比過去來得講究，像這樣新潮的咖啡館也很值得造訪。

在茶館（Salon de thé）渡過優雅的午茶時光

　　咖啡館是一邊喝咖啡一邊讀報，或吃簡單餐點的好地方。茶館則是一邊喝茶一邊享用甜點，或和好朋友一起渡過貴婦般午茶時光的好地方。一般而言，茶館比較受女性顧客歡迎，許多店家中午會提供三明治等輕食，女性顧客很喜歡到這裡享用午餐。

　　茶館顧名思義，可以喝到許多不同種類的紅茶與風味茶。風味茶除了常見的柑橘系之外，也有許多獨特的口味，例如有些店家有販售日式綠茶等。因店家而異，不過大部分的茶館都是提供一壺一壺的茶，可以搭配甜點，慢慢享受悠閒時光。茶館裡也有販售罐裝茶葉、茶包組，以及自有品牌的紅茶等。許多商品都包裝得很可愛，也很適合買來當伴手禮。

　　有些茶館附設於糕點專賣店（Pâtisserie）或飯店裡，若想要體驗奢華的氛圍，不妨試試選擇高級旅館（例如巴黎麗池酒店 Hôtel Ritz Paris 或者是巴黎東方文華酒店 Mandarin Oriental Paris 等）裡的茶館，點一壺茶，一邊欣賞旅館美輪美奐的中庭，一邊拿取自己喜歡的各式精緻甜點，享受特別的氛圍。訂位方法請參閱 P50，也可以請住宿旅館的櫃檯人員代為預訂。

菜單的讀法與結帳

　　咖啡館和茶館的菜單讀法，皆與一般餐廳相同。大多分成 Buffet chaud（熱輕食）、Sandwich（三明治）、Pâtisserie（糕點）、Boisson（飲料）等項目，各個項目底下會有菜名或商品名，請從此處選擇後告知侍者。右頁中有咖啡館菜單的範例，請參考。另外 P74 中菜單的實用單字，會在 P75 裡以菜單的例子做介紹，當你打開菜單後，很容易就能理解。

　　進入咖啡館或茶館時，請先以 Bonjour（晚上的話請說 Bonsoir）打招呼。咖啡館通常可以自行選擇喜歡的位子（因為座位區可能不同，有時侍者會詢問要喝飲料還是用餐）。茶館大部份需要服務人員帶位。

　　咖啡館的每位侍者都有自己固定負責的桌子。請記住把菜單及料理送過來的侍者是哪位。結帳時請拿著桌上的帳單，呼叫負責的侍者桌邊結帳（信用卡也可以）。如果坐的是吧台的位子，可能不會有帳單，只要照著牆壁上的價目表結帳即可。至於結帳的時機，用完餐或侍者送菜過來時都沒問題。

　　茶館通常都是最後結帳，這裡的侍者沒有固定服務的桌子，因此要結帳時，只要告知附近的服務人員：L'addition s'il vous plaît.（請幫我結帳。） 就可以了。此外，有些茶館會有專門結帳的工作人員。

咖啡館的菜單

Petit déjeuner complet 早餐套餐　　10.00€

Café ou thé ou un jus d'orange
咖啡或紅茶或柳橙汁

Une tartine, confiture, beurre ou pain au chocolat
切半的長棍麵包附果醬與奶油或巧克力麵包

Des œufs au plat （suppl.1.50€）
荷包蛋（另外加 1.50€）

Les buffets chauds　熱輕食

Croque-monsieur ································· 7.00€
法國香脆先生（烤乳酪火腿吐司）

Croque-madame ···························· 8.00€
法國香脆夫人（烤乳酪火腿吐司加荷包蛋）

Omelette nature ····························· 7.00€
原味法式蛋捲

Omelette mixte ······························ 8.00€
綜合法式蛋捲

Les sandwichs 三明治

Sandwich jambon cru ···················· 5.00€
生火腿三明治

Sandwich jambon beurre ·············· 5.50€
生火腿與奶油三明治

Sandwich crudités thon ················· 5.00€
生菜與鮪魚三明治

Sandwich mixte ···························· 6.00€
總匯三明治

Hot dog ·· 5.00€
熱狗

taxes et service compris　含稅及服務費

73

菜單的實用單字

Apéritif [aperitif] ·· 開胃酒

Boissons [bwasɔ̃] ·· 飲料

Buffet chaud [byfɛ ʃo] ······························· 熱輕食

Déjeuner [deʒœne] ·· 午餐

Dessert [desɛr] ·· 甜點

Digestif [diʒɛstif] ·· 餐後酒

Entrées [ɑ̃tre] ·· 前菜

Formule [fɔrmyl] ······································· 半套套餐

Fromage [frɔmaʒ] ··· 乳酪

Hors-d'œuvre [ɔrdœvr] ··························· 前菜、開胃菜

Infusion [ɛ̃fyzjɔ̃] ·· 花草茶

Menu [məny] ·· 套餐

Pâtisserie [patisri] ·· 糕點

Plat [pla] ·· 主菜

Plat du jour [pla dy ʒur] ·························· 本日推薦菜色

Petit déjeuner complet [pəti deʒœne kɔ̃plɛ] ············· 早餐套餐

Salade [salad] ··· 沙拉

Sandwich [sɑ̃dwitʃ] ······································· 三明治

Thé [te] ··· 紅茶

Thé parfumé [te parfyme] ····························· 風味茶

Vin [vɛ̃] ·· 葡萄酒

咖啡館&茶館的常見菜色

【沙拉&前菜類】

Assiette de charcuteries [asjɛt də ʃarkytri] ··· 火腿、沙拉米臘腸等香腸綜合拼盤

Salade auvergnate [salad ovɛrɲat] ··············· 使用奧弗涅地區的乳酪、火腿等
加工肉品做成的奧弗涅風味沙拉

Salade de crudités [salad də krydite] ··············· 總匯蔬菜沙拉

Salade de tomates [salad də tɔmat] ··············· 番茄沙拉

Salade du berger [salad dy bɛrʒe]··············· 使用羊奶乳酪做成的沙拉

Salade niçoise [salad niswaz] ··············· 橄欖油尼斯風味沙拉

Salade parisienne [salad parizjɛn]··············· 火腿、香腸以及切碎蔬菜拌成
的巴黎風味沙拉

Salade verte [salad vɛrt] ··············· 綠色蔬菜沙拉

Terrine à la maison / Terrine à l'ancienne [tɛrin a la mɛzɔ̃ / tɛrin a lɑ̃sjɛn]
··············· 特製肉派、傳統肉派

【三明治&麵包類】

Croque-madame [krɔk madam] ····· 法國香脆夫人（烤乳酪火腿吐司加荷包蛋）

Croque-monsieur [krɔk məsjø] ··············· 法國香脆先生（烤乳酪火腿吐司）

Sandwich jambon cru / Sandwich jambon cuit

[sɑ̃dwitʃ ʒɑ̃bɔ̃ kry / sɑ̃dwitʃ ʒɑ̃bɔ̃ kɥi] ···············生火腿三明治/熟火腿三明治

Sandwich mixte [sɑ̃dwitʃ mikst]··············· 總匯三明治

Sandwich pâté [sɑ̃dwitʃ pate] ··············· 肉醬三明治

Tartine [tartin] ··············· 切半的長棍麵包（附果醬、奶油）

【熱輕食&蛋類料理】

Des œufs au plat / Des œufs sur le plat [de zœf o pla / de zœf syr lə pla]
··············· 荷包蛋

Omelette nature [ɔmlɛt natyr] ··············· 原味蛋捲

Œuf dur [œf dyr] ··············· 水煮蛋

Quiche lorraine [kiʃ lɔrɛn] ··············· 法式洛林（培根、火腿）鹹派

咖啡館&茶館的常見菜色

【主菜】

Escalope de veau à la crème [ɛskalɔp də vo a la krɛm] ⋯⋯ 小牛肉薄片佐奶油醬
Hamburger [ãbœrgœr] ⋯⋯⋯⋯⋯⋯⋯⋯⋯⋯⋯⋯⋯⋯ 漢堡
Steak garni frites [stɛk garni frit] ⋯⋯⋯⋯⋯⋯⋯⋯⋯ 牛排佐炸薯條
Steak tartare [stɛk tartar] ⋯⋯⋯⋯⋯⋯⋯⋯⋯⋯⋯⋯ 韃靼生牛肉

【甜點&蛋糕類】

Charlotte [ʃarlɔt] ⋯⋯⋯⋯⋯⋯⋯⋯⋯⋯⋯⋯⋯ 用海綿蛋糕當容器，再
淋入巴伐利亞奶油的蛋糕
Clafoutis [klafuti] ⋯⋯⋯⋯⋯⋯ 塔皮內淋入布丁狀的液體後，烘烤而成的甜點
Crème brûlée [krɛm bryle] ⋯⋯⋯⋯⋯⋯⋯⋯⋯⋯⋯⋯ 法式烤布蕾
Crème caramel [krɛm karamɛl] ⋯⋯⋯⋯⋯⋯⋯⋯⋯⋯ 焦糖布丁
Éclair [eklɛr] ⋯⋯⋯⋯⋯⋯⋯⋯⋯⋯⋯⋯⋯⋯⋯⋯⋯ 閃電泡芙
Fondant au chocolat [fɔ̃dã o ʃɔkɔla] ⋯⋯⋯⋯⋯⋯⋯ 巧克力熔岩蛋糕
Gâteau au chocolat [gato o ʃɔkɔla] ⋯⋯⋯⋯⋯⋯⋯⋯ 巧克力蛋糕
Macaron [makarɔ̃] ⋯⋯⋯⋯⋯⋯⋯⋯⋯⋯⋯⋯⋯⋯⋯ 馬卡龍
Mousse au chocolat [mus o ʃɔkɔla] ⋯⋯⋯⋯⋯⋯⋯ 巧克力慕斯蛋糕
Opéra [ɔpera] ⋯⋯⋯⋯⋯⋯⋯⋯ 歌劇院蛋糕（巧克力蛋糕的一種）
Religieuse [rəliʒjøz] ⋯⋯⋯⋯⋯⋯⋯⋯⋯⋯⋯⋯⋯⋯ 修女泡芙
Paris-Brest [paribrɛst] ⋯⋯⋯⋯⋯⋯⋯⋯⋯⋯⋯⋯ 巴黎布列斯特泡芙
Pâte de fruits [pat də frɥi] ⋯⋯⋯⋯⋯⋯⋯⋯⋯⋯⋯ 法式水果軟糖
Saint-Honoré [sɛ̃tɔnɔre] ⋯⋯⋯⋯⋯⋯⋯⋯⋯⋯⋯⋯ 聖多諾黑泡芙
Savarin [savarɛ̃] ⋯⋯⋯⋯⋯ 薩瓦蘭蛋糕。發酵麵糰浸泡糖漿後製成的甜點
Soufflé [sufle] ⋯⋯⋯⋯⋯⋯⋯⋯⋯⋯⋯⋯⋯⋯⋯⋯ 舒芙蕾
Soufflé glacé [sufle glase] ⋯⋯⋯⋯⋯⋯⋯⋯⋯⋯⋯ 舒芙蕾凍糕
Tarte aux fruits [tart o frɥi] ⋯⋯⋯⋯⋯⋯⋯⋯⋯⋯ 水果塔
Tarte tatin [tart tatɛ̃] ⋯⋯⋯⋯⋯⋯⋯⋯⋯⋯⋯⋯⋯ 反烤蘋果塔
Verrine [verin] ⋯⋯⋯⋯⋯⋯⋯⋯⋯⋯⋯⋯⋯⋯⋯⋯ 甜點杯

左頁為茶館，右頁為咖啡館。

請問幾位呢？

Vous êtes combien ?
[vu zɛt kɔ̃bjɛ̃]

～位，謝謝。

~ personne(s) s'il vous plaît.
[pɛrsɔn sil vu plɛ]

1	2	3	4	5
Une	**Deux**	**Trois**	**Quatre**	**Cinq**
[yn]	[dø]	[trwa]	[katr]	[sɛ̃k]

▶這是在咖啡館裡用餐（午餐、晚餐）時會被問的問題。座位可能分為用餐區或喝飲料區，請明確告知侍者。

請問用午餐（晚餐）嗎？

C'est pour déjeuner (dîner)?
[sɛ pur deʒœne (dine)]

是的	不是
Oui.	**Non.**
[wi]	[nɔ̃]

咖啡館依座位有不同價格

　　許多咖啡館餐點的價格會因座位而有所不同，收費從便宜到貴依序是吧台、店內座、露天座。吧台通常是給站著喝咖啡的人使用。如果在菜單上看到兩種價格的話，請留意一下是哪種座位的價格。此外，擺放餐具的餐桌是給用餐的顧客專用的，若只想喝飲料的話，請注意不要選擇擺有餐具的位子。

您想坐室內還是室外？

A l'intérieur ou à l'extérieur?
[a lɛ̃terjœr u a lɛksterjœr]

室內（店內座）

A l'intérieur
[a lɛ̃terjœr]

室外（露天座）

A l'extérieur
[a lɛksterjœr]

吧台

Au comptoir
[o kɔ̃twar]

▶露天座也可以說 Terrasse，店內座也可說 Salle。

請給我～。

~, s'il vous plaît.
[sil vu plɛ]

請問這個位子有人坐嗎？

Il y a quelqu'un à cette place?
[i li ja kɛlkœ̃ a sɛt plas]

請問決定好了嗎？

Avez-vous choisi?
[avevu ʃwazi]

還沒。

Non, pas encore.
[nɔ̃ pazɑ̃kɔr]

決定好了。

Oui, s'il vous plaît.
[wi sil vu plɛ]

▶在咖啡館，每位侍者都有自己負責的桌子，如果呼叫別的侍者，他們可能不會回應。因此請記住負責自己桌子的侍者長相。

008

在咖啡館&茶館內的對話 ▶ 點餐

請給我菜單。

La carte, s'il vous plaît.
[la kart sil vu plɛ]

請問有～嗎？

Avez-vous ~?
[avevu]

中文菜單	英文菜單
une carte en chinois [yn kart ɑ̃ ʃinwa]	**une carte en anglais** [yn kart ɑ̃nɑ̃glɛ]

我對～過敏。

Je suis allergique au (à la/aux) ~ .
[ʒə sɥi zalɛrʒik o (a la/o)]

大豆
soja [sɔʒa]

花生	蛋	牛奶
arachide /cacahuète [araʃid] / [kakawɛt]	**œuf** [œf]	**lait** [lɛ]

帶殼海鮮	生蠔，牡蠣	蕎麥	麩質
crustacés [krystase]	**huître** [ɥitr]	**sarrasin** [sarazɛ̃]	**gluten** [glytɛn]

請給我～。

～, s'il vous plaît.
[sil vu plε]

這個	這個和那個
Ça	**Ça et ça**
[sa]	[sa e sa]

請問有推薦的～嗎？

Qu'est-ce que vous me conseillez comme~ ?
[kεs kə vu mə kɔ̃sεje kɔm]

特色料理	甜點
spécialité maison	**dessert**
[spesjalite mεzɔ̃]	[desεr]

紅茶	糕點
thé	**pâtisserie**
[te]	[patisri]

請幫我在菜單上指出來好嗎？

Montrez le moi sur la carte, s'il vous plaît.
[mɔ̃tre lə mwa syr la kart sil vu plε]

請問要幾分熟？
Quelle cuisson désirez-vous ?
[kɛl kɥisɔ̃ dezirevu]

全熟	五分熟	三分熟	一分熟（幾乎是生的）
Bien cuit	**À point**	**Saignant**	**Bleu**
[bjɛ̃ kɥi]	[a pwɛ̃]	[sɛɲɑ̃]	[blø]

▶點牛排或肉類料理時侍者會如此詢問。

請給我～。
~, s'il vous plaît.
[sil vu plɛ]

想喝點酒嗎？
Voulez-vous du vin?
[vulevu dy vɛ̃]

紅酒	白酒	玫瑰酒	甜味
Vin rouge	**Vin blanc**	**Vin rosé**	**Doux**
[vɛ̃ ruʒ]	[vɛ̃ blɑ̃]	[vɛ̃ roze]	[du]

乾的	濃的	淡的	有果香的
Sec	**Charpenté**	**Léger**	**Fruité**
[sɛk]	[ʃarpɑ̃te]	[leʒe]	[frɥite]

請給我～。
~, s'il vous plaît.
[sil vu plɛ]

▶un verre 是一杯。un 可以替換成其他數量（P100）。

一杯	半瓶	一瓶
Un verre	**Une demi bouteille**	**Une bouteille**
[œ̃ vɛr]	[yn dəmi butɛj]	[yn butɛj]

請給我～。

~, s'il vous plaît.
[sil vu plɛ]

汽泡水
De l'eau gazeuse
[də lo gazøz]

無汽泡的水	壺裝水（水龍頭水，自來水）
De l'eau plate	**Une carafe d'eau**
[də lo plat]	[yn karaf do]

▶ 用餐時若不點葡萄酒，就叫一壺水就可以了。如果想點付費的水（如 Evian 等品牌）侍者可能會問想要的大小尺寸，大瓶請説 grande，小瓶請説 petite。

請給我一杯～。

Un ~, s'il vous plaît.
[œ̃ sil vu plɛ]

▶ Café frappé 是在搖搖杯中裝濃縮咖啡與牛奶製成的義式冰咖啡，也可以叫 Shakerato（冰搖咖啡）。

牛奶咖啡、咖啡歐蕾	濃縮咖啡	加了少許鮮奶的濃縮咖啡
café au lait	**café**	**café noisette**
[kafe o lɛ]	[kafe]	[kafe nwazɛt]

淡咖啡	奶泡咖啡	維也納咖啡	無咖啡因咖啡
café allongé	**café crème**	**café viennois**	**café décaféiné**
[kafe alɔ̃ʒe]	[kafe krɛm]	[kafe vjɛnwa]	[kafe dekafeine]

冰咖啡	熱可可	可樂	柳橙汁
café frappé	**chocolat chaud**	**coca**	**jus d'orange**
[kafe frape]	[ʃɔkɔla ʃo]	[kɔka]	[ʒy dɔrɑ̃ʒ]

葡萄柚汁	檸檬汁	蘋果汁	番茄汁
jus de pamplemousse	**jus de citron**	**jus de pomme**	**jus de tomate**
[ʒy də pɑ̃pləmus]	[ʒy də sitrɔ̃]	[ʒy də pɔm]	[ʒy də tɔmat]

請給我一杯～。

Un(une) ~, s'il vous plaît.
[œ̃ (yn) sil vu plɛ]

黑醋栗水	薄荷水
cassis à l'eau	**menthe à l'eau**
[kasis a lo]	[mɑ̃t a lo]

請給我～。

~, s'il vous plaît.
[sil vu plɛ]

▶Kanterbräu 與 Kronenbourg、1664、 Pelforth 皆是法國知名啤酒。

瓶裝啤酒	海尼根	坎特堡
Bière en bouteille	**Heineken**	**Kanterbräu**
[bjɛr ɑ̃ butɛj]	[ainɛken]	[kɑ̃tɛrbro]
生啤酒	可倫堡	威士忌麥芽啤酒
Bière pression	**Kronenbourg**	**Adelscott**
[bjɛr presjɔ̃]	[krɔnɑ̃bur]	[adelskɔt]
啤酒兌檸檬水	龍舌蘭風味啤酒	百樂福
Panaché	**Desperados**	**Pelforth**
[panaʃe]	[dɛsperado]	[pelfɔrt]
熱紅酒	格羅格酒	1664 白啤酒
Vin chaud	**Grog**	**1664**
[vɛ̃ ʃo]	[grɔg]	[sɛz sɑ̃ swasɑ̃t katr]

香檳酒（一杯）	皮肯啤酒
Coupe de Champagne	**Picon bière**
[kup də ʃɑ̃paɲ]	[pikɔ̃ bjɛr]

苦艾酒
Vermouth
[vɛrmut]

▶Vin chaud 是在葡萄酒裡加入肉桂、丁香以及柑橘混製成的熱紅酒。 Grog 用蘭姆酒或甘邑酒裡加入櫻桃蒸餾酒或砂糖混製成的溫酒。 Picon bière 是加了柑橘利口酒 Picon 的啤酒，Vermouth 是香草利口酒（甜酒）。

請給我～毫升的生啤酒。

~, s'il vous plaît.
[sil vu plɛ]

250 毫升	570 毫升
Un demi [œ̃ dəmi]	**Une pinte** [yn pɛ̃t]

▶侍者會詢問想要的品牌名，直接說海尼根等品牌的名稱即可。

請給我一杯～。

Un(une) ~, s'il vous plaît.
[œ̃ (yn) sil vu plɛ]

紅茶	綠茶	花草茶
thé (thé noir) [te (te nwar)]	**thé vert** [te vɛr]	**infusion** [ɛ̃fyzjɔ̃]

風味茶	南非博士茶
thé parfumé [te parfyme]	**thé rouge** [te ruʒ]

請問有推薦的～嗎？

Qu'est-ce que vous me conseillez comme ~?
[kɛs kə vu mə kɔ̃sɛje kɔm]

▶奶茶或檸檬茶在法國並不常見。

009

在咖啡館＆茶館內的對話 ▶用餐中

麻煩幫我拿～。

Apportez-moi du(de la) ~ / un(une)~, s'il vous plaît.
[apɔrtemwa dy (də la) / œ̃ (yn) sil vu plɛ]

餐巾	湯匙	刀子	叉子
serviette	**cuillère**	**couteau**	**fourchette**
[sɛrvjɛt]	[kɥijɛr]	[kuto]	[furʃɛt]

麵包	鹽	砂糖	芥末醬
pain	**sel**	**sucre**	**moutarde**
[pɛ̃]	[sɛl]	[sykr]	[mutard]

番茄醬	塔巴斯可辣醬	美奶滋	奶油
ketchup	**Tabasco**	**mayonnaise**	**beurre**
[kɛtʃœp]	[tabaskɔ]	[majɔnɛz]	[bœr]

橄欖油	巴薩米克香醋
huile d'olive	**vinaigre balsamique**
[ɥil dɔliv]	[vinɛgr balzamik]

▶鹽或砂糖等不可數名詞請用 du(de la)。Un(Une) 可以替換成其他數字（P100）。

請給我～的菜單。

La carte de ~, s'il vous plaît.
[la kart də sil vu plɛ]

▶若是在店內用餐，侍者會在顧客用完餐後才過來點甜點與飲料。

甜點	乳酪	飲料 （咖啡或不含酒精的飲料）
dessert	**fromage**	**boisson**
[desɛr]	[frɔmaʒ]	[bwasɔ̃]

請問有～嗎？

Avez-vous un(une) ~/des ~?

[avevu œ̃ (yn) / de]

雪酪	冰淇淋	小甜餅
sorbet	**glace**	**biscuits**
[sɔrbɛ]	[glas]	[biskɥi]

蛋糕	綜合甜點盤	巧克力點心
gâteau	**assiette de dessert**	**pâtisserie au chocolat**
[gato]	[asjɛt də desɛr]	[patisri o ʃɔkɔla]

（這道甜點）可以外帶嗎？

Est-ce que je peux l'emporter ?

[ɛs kə ʒə pø lɑ̃pɔrte]

當然可以。	不可以。
Oui, bien-sûr.	**Non.**
[wi bjɛ̃syr]	[nɔ̃]

（這道甜點）請給我～個。

Je voudrais ~, s'il vous plaît.

[ʒə vudre sil vu plɛ]

1	2	3	4
un/une	**deux**	**trois**	**quatre**
[œ̃ / yn]	[dø]	[trwa]	[katr]

010

在咖啡館＆茶館內的對話 ▶結帳

我可以～嗎？

Est-ce que je peux ~?
[ɛs kə ʒə pø]

▶小費通常會包含在服務費裡，不須額外支付。如果在菜單或收據裡看到寫著 service compris 的話，就代表含服務費。若有接受特別服務的話，大約付餐費的 10～20% 即可。

結帳	拿收據
demander l'addition [dəmɑ̃de ladisjɔ̃]	**avoir une facture** [avwar yn faktyr]
用信用卡支付	分開結帳
payer par carte [pɛje par kart]	**payer séparément** [pɛje separemɑ̃]

▶在咖啡館用餐時有時會遇到侍者過來說 Je peux encaisser? [ʒə pø ɑ̃kɛse]，也就是要求先結帳的情形，這是因為當班的侍者要下班了，希望顧客先買單，這時請先結帳。

請問洗手間在哪裡？

Où sont les toilettes ?
[u sɔ̃ le twalɛt]

▶咖啡館的洗手間通常在地下室。

請問有店內名片嗎？

Avez-vous une carte de visite ?
[avevu yn kart də vizit]

謝謝。再見。

Merci beaucoup. Au revoir.
[mɛrsi boku o rəvwar]

Column ②

法國的美食專家

　　法國有各式各樣的美食專家，而咖啡館及餐廳裡的侍者正是其中之一。他們的職責不只是端菜，同時也是專業的美食專家。侍者們有固定服務的桌子，能夠覺察顧客的行動迅速提供服務，優秀的侍者們也具備一定的知識與教養，能與顧客愉快的對話。至於侍者的收入，過去小費的部分是業績制，現在已經很少這樣算了。不過，巴黎老字號的花神咖啡館（Café de Flore）目前還是延用業績制，因此侍者們無論工作態度或舉止談吐都具有相當水準。有機會不妨感受一下特別的文化。

　　在眾多料理、甜點與麵包的專業師傅當中，最受矚目的就是獲得「M.O.F. 法國最佳工藝師」頭銜的師博，獲得這項殊榮的師傅可以說是被法國視為國寶級人物。其中以料理大師喬爾・侯布羅（Joël Robuchon）以及巧克力大師尚保羅・艾凡（Jean-Paul Hévin）最有名。只要是新獲得殊榮的師傅所開的店面，就會開始大排長龍。在法國，還有許多與食物相關的專業人士，例如使乳酪更美味的乳酪熟成師、飯店領班（maître d'hôtel）、侍酒師（sommelier）等等，了解這些專業人士的存在，品嚐美食時就能多一番樂趣。

COUTUME
[kutym]

[地址] 47 rue de Babylone 75007 Paris
Tel: 01 45 51 50 47
St-Francois Xavier（地鐵 13 號線）
8:00〜18:00（週一〜週五）
9:00〜18:00（週六〜週日）
※國定假日休・不定休

由工作室改裝而成的店
面。充滿透明感的空間，
讓人想長時間逗留。

全巴黎最好喝的咖啡！

　　COUTUME 座落於艾菲爾鐵塔等著名景點附近、觀光客眾
多的巴黎 7 區。這裡正統美味的咖啡相當受到當地人的好評，
入口附近開放式的座位，有溫暖的陽光照射進來，是店內很受
歡迎的座位。

　　COUTUME 原本是一家咖啡烘焙公司。店內有大型的烘焙
機，嚴選優質的自家烘焙咖啡豆。這裡所烘焙的咖啡豆，也提
供許多巴黎的旅館及餐廳使用。

　　店內有兩位老闆，其中一位因為在澳洲喝到了美味的咖
啡，進而從電影製作人轉行成了吧台咖啡師傅。另一位老闆在
做有關捷克咖啡的企劃，兩人在巴黎相遇後一拍即合，他們都
希望法國能將正統的咖啡文化（咖啡先進國的文化）深植人
心，進而成為一種「習慣」。他們也將這樣的想法，反映在店
名 COUTUME（習慣）上。

　　店內最受歡迎的是 2.80 歐元的瑪奇朵，2 歐元的正統濃縮
咖啡也很推薦，其他如 7 歐元的 Petit déjeuner（早餐）與 12
歐元的 Mini brunch 也都是不錯的選擇。

　　在巴黎，能喝到正統咖啡的咖啡館其實不多。想喝真正美
味咖啡的巴黎人，就會特地前來 COUTUME 光顧。很多在地人
將 COUTUME 的咖啡評為「全巴黎最棒的咖啡」，人氣度持續
攀升當中。

擁有豐富知識與經驗的咖啡師傅親自為顧客煮咖啡。除了一般的濃縮咖啡，也提供巴黎比較不常見的虹吸式咖啡、滴漏式咖啡和冷泡咖啡等。

可購買當店烘焙的咖啡豆。用標籤顏色來分產地，上面寫有烘焙日期以及建議喝法。

（右上）7 歐元的早餐（Petit déjeuner）。套餐包括咖啡與小可頌麵包、巧克力麵包、葡萄麵包與鮮榨果汁，很有飽足感。（右下）入口附近的座位，明亮而開放，相當受歡迎。

Restauration rapide

享受街頭小吃與速食

美味的街頭小吃與速食挺進巴黎

不同文化之間的交流，加上時代的快速變動，使得「快速」的觀念也反映在飲食文化上。在日本，幾乎到處都有飲料自動販賣機，但是在巴黎（法國）卻幾乎找不到，這究竟是為什麼？倒不是因為法國人不喜歡，或覺得沒必要方便到這種程度，而是因為法國人不想侵犯咖啡館的經營權。在巴黎，風靡全世界的美國速食店，店面都是採用低調的色系在經營。

不過，近來引起話題的「街頭小吃」，捲起了一股新的風潮。在什麼都講求快速的年代，希望快速用餐、有速食需求也是一種自然的現象。只不過，近年來這樣的趨勢不僅求快，也要求美味，因此，許多店家也開始強調選用了優質的食材。在法國，美味是必備的標準。

現在在法國街頭可以看到販售漢堡、墨西哥塔可餅的小餐車，也有酒吧供應熱狗做為搭配雞尾酒的下酒菜，甚至出現販賣亞洲食物的攤販。法國的街頭小吃，帶動了一股新的飲食潮流。

新概念的美味

在巴黎，到處都有速食店及三明治店，尤其三明治店大約 15 年前就開始慢慢增加了，愈來愈多麵包店在早上賣起了三明治，咖啡館裡也可外帶（emporter），無論點法國麵包夾火腿（sandwich de jambon）或法國麵包夾肉醬（sandwich pâté），店家都會當場製作出美味的三明治給顧客，也有販售異國風的法國麵包夾烤肉片（kebab）等產品。

不過，現在興起的這股新型態飲食潮，與過去的速食概念是截然不同的。例如，在巴黎 10 區有一家位於市集裡、以漢堡聞名的人氣餐廳 Au Comptoir de Brice 的理念即是「速食、小吃（snacking）＋法國傳統料理＝Junk Food Masion」。它所強調的概念與地點的選擇相當令人讚嘆。午餐套餐 2 道菜大約 18~20 歐元，最受歡迎的漢堡是 15 歐元，這裡的漢堡被評選為巴黎最美味的漢堡，可以說是實至名歸。

另一間受到囑目的店，則是提供日本煎餃的餃子酒吧 Gyoza bar，這間店是日籍廚師佐藤伸一在法國所開的餐廳，他在 2011 年成為首位獲得米其林 2 星的日本人，並於 2012 年 1 月開設了餐廳。所有煎餃都是顧客點了之後才製作，價格為 8 個 7 歐元與 12 個 9 歐元。這股新的休閒飲食浪潮也替巴黎增添了不少魅力。

速食店

（上）中東的可樂餅，把中東炸豆丸子（Falafel）放進口袋餅中一起食用。這也是巴黎的街頭小吃之一。（下）三明治，法國的三明治大多是使用長棍麵包。（右）帕尼尼店（Panini）。異國料理已滲透至日常生活中，法國的飲食文化也愈來愈多元了。

011

在速食店裡的對話 ▶詢問・點餐

這附近有～店嗎？
....
Y a-t-il un magasin de ~ près d'ici?
[i ja til œ̃ magazɛ̃ də prɛ disi]

三明治	漢堡
sandwich	**hamburger**
[sɑ̃dwitʃ]	[ɑ̃bœrgœr]

土耳其烤肉	速食
kebab	**restauration rapide**
[kebab]	[rɛstɔrasjɔ̃ rapid]

▶kebab 原為中東料理，一般是以羊肉片放進口袋餅內的
形式提供。

可以告訴我這家店在這張地圖的哪裡嗎？
....
Pouvez-vous me montrer ce magasin sur cette carte?
[puvevu mə mɔ̃tre sə magazɛ̃ syr sɛt kart]

比較推薦哪一種～呢？
....
Quel ~ me conseillez-vous ?
[kɛl mə kɔ̃sɛjevu]

三明治	漢堡
sandwich	**hamburger**
[sɑ̃dwitʃ]	[ɑ̃bœrgœr]

請給我～。

~, s'il vous plaît.
[sil vu plɛ]

這個	這個和那個
Ça	**Ça et ça**
[sa]	[sa e sa]

請給我一個～三明治。

Je voudrais un sandwich au (aux) ~ , s'il vous plaît ?
[ʒə vudre œ̃ sãdwitʃ o (o) sil vu plɛ]

蔬菜	乳酪	火腿
légumes	**fromage**	**jambon**
[legym]	[frɔmaʒ]	[ʒãbɔ̃]

肉醬	香腸	鮭魚
pâté (rillettes)	**saucisson**	**saumon**
[pate (rijɛt)]	[sosisɔ̃]	[somɔ̃]

請給我～。

Donnez-moi du(de la) ~, s'il vous plaît.
[dɔnemwa dy (də la) sil vu plɛ]

請幫我加～。

Avec du(de la) ~ , s'il vous plaît.
[avɛk dy (də la) sil vu plɛ]

芥末醬	哈里薩辣醬	番茄醬	美奶滋
moutarde	**harissa**	**ketchup**	**mayonnaise**
[mutard]	[arisa]	[kɛtʃœp]	[majɔnɛz]

▶哈里薩辣醬是土耳其烤肉（kebab）店常會擺放的辣椒醬。

午間套餐是什麼？
Dites-moi le menu du midi ?
[ditmwa lə məny dy midi]

漢堡、薯條與無酒精飲料。
Hamburger, pommes frites et boisson non alcoolisée.
[ãbœrgœr pɔm frit e bwasɔ̃ nɔ̃ alkɔlize]

有洋蔥圈嗎？
Avez-vous des oignons frits ?
[avevu dezɔɲɔ̃ fri]

請給我～個。
~, s'il vous plaît.
[sil vu plɛ]

1	2	3	4	5
Un/Une	**Deux**	**Trois**	**Quatre**	**Cinq**
[œ̃ / yn]	[dø]	[trwa]	[katr]	[sɛ̃k]

6	7	8	9	10
Six	**Sept**	**Huit**	**Neuf**	**Dix**
[sis]	[sɛt]	[ɥit]	[nœf]	[dis]

需要什麼飲料呢？

Qu'est ce que vous voulez comme boisson ? / Et comme boisson ?
[kɛs kə vu vule kɔm bwasɔ̃ / e kɔm bwasɔ̃]

請給我～。

Donnez-moi un(une) ~, s'il vous plaît.
[dɔnemwa œ̃ (yn) sil vu plɛ]

礦泉水	汽泡礦泉水	淡咖啡
bouteille d'eau plate	**bouteille d'eau gazeuse**	**café allongé**
[butɛj do plat]	[butɛj do gazøz]	[kafe alɔ̃ʒe]

濃縮咖啡	紅茶	可樂
café	**thé**	**Coca**
[kafe]	[te]	[kɔka]

柳橙汁	葡萄柚汁
jus d'orange	**jus de pamplemousse**
[ʒy dɔrɑ̃ʒ]	[ʒy də pɑ̃pləmus]

需要幫您加熱嗎？

Vous voulez le (la/les) chauffer ?
[vu vule lə (la / le) ʃofe]

好的，麻煩您。	不用了，謝謝。
Oui, s'il vous plaît.	**Non, merci.**
[wi sil vu plɛ]	[nɔ̃ mersi]

可以幫我加熱嗎？

Pouvez-vous le (la/les) chauffer, s'il vous plaît ?
[puvevu lə (la / le) ʃofe sil vu plɛ]

012

在速食店裡的對話 ▶結帳

請問內用還是外帶？

Sur place ou à emporter ?
[syr plas u a ɑ̃pɔrte]

內用。

Je mange sur place.
[ʒə mɑ̃ʒ syr plas]

外帶。

À emporter.
[a ɑ̃pɔrte]

一共多少錢？

Combien ça coûte ?
[kɔ̃bjɛ̃ sa kut]

麻煩給我收據好嗎？

Pourriez-vous me donner un reçu, s'il vous plaît ?
[purjevu mə dɔne œ̃ rəsy sil vu plɛ]

找的錢不對。

Vous vous êtes trompez (en me rendant la monnaie).
[vu vu zɛt trɔ̃pe (ɑ̃ mə rɑ̃dɑ̃ la mɔnɛ)]

我還沒拿到找的錢。

Je n'ai pas encore reçu ma monnaie.
[ʒə nɛ pazɑ̃kɔr rəsy ma mɔnɛ]

Column ③

到可麗餅專賣店走訪一趟！

　　到了法國，一定要去可麗餅專賣店（Crêperie）吃美味的可麗餅！一般大眾對可麗餅的印象大多覺得是甜點，不過在法國一般都是用蕎麥粉製成餅皮，再加入火腿、乳酪、雞蛋等食材，可當正餐食用的可麗餅。蕎麥粉製成的可麗餅原本就是布列塔尼地區的傳統料理，在布列塔尼東部叫做 Galette；在洛里昂（Lorient）等西部地區叫做 Crêpe de Sarrasin。

　　可麗餅專賣店的點法，基本上和小酒館或茶館等餐飲店一樣。店內通常也有提供沙拉等輕食，可以當做午餐享用。這裡整理了 Crêpe 與 Galette 的菜單，有機會不妨嚐嚐在地的風味。此外，餐前及餐後可以試試蘋果名產地布列塔尼的 Calvados（蘋果蒸餾酒・餐後酒）或 Pommeau（Calvados 與蘋果汁混製成的雞尾酒・開胃酒）。

Galette (Crêpe de sarrasin) 鹹可麗餅
Beurre [bœr] ·· 只塗奶油的可麗餅
Jambon-Fromage [ʒɑ̃bɔ̃ frɔmaʒ] ·························· 火腿＆乳酪
Œuf-Fromage [œf frɔmaʒ] ···························· 雞蛋＆乳酪
Complète [kɔ̃plɛt] ················· 雞蛋＆火腿＆乳酪 3 種料
Saumon-Crème fraîche [somɔ̃ krɛm frɛʃ]········· 鮭魚＆鮮奶油

Crêpe 甜可麗餅
Sucre [sykr] ······································ 只灑砂糖的可麗餅
Beurre-sucre [bœr sykr] ···························· 奶油＆砂糖
Chocolat-Chantilly [ʃɔkɔla ʃɑ̃tiji] ················· 巧克力＆鮮奶油
Caramel beurre salé [karamɛl bœr sale] ············ 鹽味奶油焦糖
Miel [mjɛl] ·· 蜂蜜
Nutella [nytela] ···························· Nutella 巧克力榛果醬
Pomme [pɔm] ····································· 糖漬蘋果

照片提供 tucky/PIXTA

Le Camion Qui Fume
[lə kamjɔ̃ ki fym]

[地址]　以餐車形式販售，請至網頁確認。

http://www.lecamionquifume.com/
11:00～14:00、19:00～22:00

顧客需排隊點餐。法國行動餐車很少見，可以刷卡。

點燃漢堡新風潮

　　巴黎從 2012 年開始吹起一股小小的漢堡風潮（街頭小吃熱潮）。開啓這風潮的第一人就是加州出身的美國女性 Kristin Frederick。

　　Kristin Frederick 曾在巴黎著名的費杭第（Ferrandi）廚藝學校學習廚藝，畢業後任職於米其林二星餐廳 APICIUS，累積了豐富經驗之後，她注意到巴黎並沒有行動餐車，而街頭小吃也並未選用優質的食材，於是她創辦了全法國第一家漢堡行動餐車。店的名字就叫做「Le Camion Qui Fume（冒炊煙的餐車）」，由於這是巴黎第一家行動餐車，當時引起了非常熱烈的話題與迴響。長長的隊伍、多彩的招牌與流行色系的餐車等特色，都讓人印象深刻。

　　菜單上的漢堡一共有 8 種，有使用了野生蘑菇的 Campagne、炸得酥脆的培根與洋蔥組成的 BBQ 漢堡、清蒸豬肉與高麗菜沙拉組成的 Porc braisé 等，不管是漢堡麵包或漢堡肉都很厚實，非常多汁美味。此外，這裡的招牌料理還有帶皮炸薯條（Frit），以及加了生洋蔥的高麗菜沙拉、減酸味的乳酪蛋糕等。價格方面，漢堡單價 8 歐元，帶皮薯條與高麗菜沙拉 3 歐元，乳酪蛋糕 4 歐元，相當實惠，而且每一道菜都是經典美味。

　　有機會的話不妨嘗試一下這風靡巴黎的街頭小吃吧！

在餐車前排隊的人潮。如果在
尖峰時刻造訪，有時候需要等
上 1 小時左右。

風靡巴黎的漢堡。
不僅美味，也很有
飽足感。漢堡的牛
絞肉是用 3 個部位
的肉混製而成，各
種醬料都是手工製
作。

Neo Bento [neo bɛ̃tɔ]

[地址] 5 rue des Filles du Calvaire 75003 Paris
Tel: 09 83 87 81 86
filles du calvaire（地鐵 8 號線）
12:00～18:00
（週日～16:30）
※週六休

店內氣氛明亮，購買的便當也可以內用。

日本飲食文化登陸法國！

在北瑪黑區，有一家以日本餐飲文化引發話題的店。店名以日語的「便當」爲名，是一間用日本便當做爲發想所成立的新型態法式便當菜餐飲店。

店內空間明亮舒適，並沒有刻意裝潢成日式風格。法國現在吹起一股「日式便當」熱潮，點燃這股風潮的，是深入法國的日本動漫文化。動漫人物吃著看起來很美味的壽司或飯糰，法國人也深受影響。因爲動漫的啓發，對日本文化感興趣的法國人漸增，使得日本料理也漸漸融入了法國的飲食文化。

均衡飲食與養生的觀念，更是大大推動了這股風潮。加上不景氣等現況的影響，這股日本便當風潮今日應該會一直持續下去。

在這裡，只要花 12 歐元就可以自由選擇 6 道菜與點心。香草與生鯖魚碎肉、椰奶與香菜風味紅薯泥等料理是看板上的招牌菜。這裡使用日本調味料（醬油、味霖、味噌等）來烹調當季食材。老闆每日都會親自到市場選購優質的當季食材，也是本店的特色之一。

雖然長棍三明治也很不錯，不過來了巴黎，不妨到 Bento 嚐嚐美味的法式便當菜，感受截然不同的旅遊氣氛。

可自由選擇 6 種菜色與甜點，12 歐元。老闆 Lionel Drugmand 先生過去任職於航空公司，在日本時受到日本便當的啟發，後來到日本各地學習廚藝。

透明櫃裡陳列了許多美味的菜餚，受到日本和食的影響，菜色大多以蔬菜料理等輕食為主。有許多菜餚是以味噌、醬油或味霖來調味的。

Pâtisserie & Chocolatier
享用甜點

專賣特定甜點的糕點專買店

　　說到甜點，細分的話還分成蛋糕、巧克力、糖果等不同種類。在法國，專門販售蛋糕與烘焙點心的店叫做Pâtisserie（糕點專賣店）。

　　法國的糕點專賣店又分成好幾種不同的形式。一種是過去曾在高級餐廳或旅館任職過的糕點師傅所創立的店。這種店的特徵除了豐富的獨特性之外，同時強調產品的美觀性。在巴黎如米其林三星餐廳 Pierre Gagnaire 的糕點師傅所開的 Pain de Sucre 就受到許多在地巴黎人的喜愛。

　　另一種則是甜點協會（Relais Desserts）裡的甜點師傅所開的店鋪。甜點協會聚集了世界頂尖的甜點師傅，入會需通過非常嚴格的審查。他們重視傳統，也挑戰研發創新的口味。協會會員所屬的店在門口會有「Relais Desserts」的標誌，選擇店家時不妨做為參考。

　　另一個近年來掀起的風潮，就是特定甜點，譬如馬卡龍、泡芙、閃電泡芙等各式甜點的專賣店。單一種甜點也可以做出相當豐富的變化，每種商品看了都讓人心動。參考 P122 介紹的店家，就可以了解它的魅力。

品嚐不同產地巧克力的樂趣

法國的巧克力專賣店叫做 Chocolatier。和糕點專賣店一樣，巧克力專買店也有各種不同形式，從新潮時尚的 Pierre Hermé，到古典傳統的 Jean-Paul Hévin 等應有盡有。

說到巧克力，一般印象可能會浮現一顆顆如寶石般精緻的巧克力糖（Bon bon chocolat）。不過在法國，比較普遍的是叫做 Tablette 的巧克力磚（片）。Tablette 通常會依可可（Cacao）的含量與產地來陳列，就像選購葡萄酒一樣，非常有趣。想要品嚐可可原味的人，大多會喜歡黑巧克力產品。

可可豆的主要產地有印尼的爪哇島、古巴、南美厄瓜多、委內瑞拉、非洲馬達加斯加、象牙海岸等地。爪哇島的產品具木質香氣且有焦糖般的風味；古巴的產品具有果香與淡淡的單寧香氣；厄瓜多的產品香氣精緻、味道濃醇；委內瑞拉的產品有枯葉般的香氣與細緻的口感；馬達加斯加的產品味道濃醇、具柑橘般淡淡的苦味；象牙海岸的產品則是味道與香氣都很溫和。在選購巧克力之際，不妨以不同產地做為口味上的參考。

選購巧克力糖（Bon bon chocolat）時，可以用巧克力和內餡（甘那許醬）的組合來決定其風味。巧克力的風味，大多也是以可可的生產地來命名。

甜點店

選購方法與其他專賣店

糕點專賣店裡有女性販售員（Vendeuse）與男性販售員（Vendeur）。只要在商品櫃前指著想買的甜點說：Ça, s'il vous plaît.（請給我這個），店員就會幫你包裝了。店員問：Avec ceci?（還需要其他的嗎？）或 Ce sera tout?（這樣就好了嗎？）時，如果還想選購其他的就繼續指出想買的甜點，若已選購完畢就說：C'est tout.（這樣就好了）。接著他們會遞發票給顧客，請把發票拿到櫃檯結帳，店員就會把商品拿給你了。

在巧克力專賣店裡購買 Bon bon chocolat 時，店員會幫顧客包裝。若想多嚐試幾種不同口味，建議用玻璃紙袋（sachet）來裝，這時可以對店員說：Dans un sachet.（請用玻璃紙袋裝），選好想要的巧克力之後，店員就會幫你用袋子裝好。另外，店員可能會詢問想購買的數量，這是因為他要拿尺寸合適的袋子，請明確告知。如果是要當做禮物送人，可以請店員放進裝糖果的紙盒（Ballotin）。在日本，巧克力糖的價格是以單顆計算，但在法國是以 1 公斤或 100 克為單位計價。順帶一提，巧克力糖大約 7 粒是 100 克。此外，法國還有冰淇淋店（Glacier）與糖果店（Confiserie）等專賣店，不妨注意一下店家的招牌。法國冰淇淋店在夏天大多是販賣水果口味，冬天則大多販賣堅果口味，而且通常會推出季節限定口味。到了夏天，許多甜點店也會賣冰淇淋。糖果店賣的則是各式各樣可愛的糖果、棉花糖、糖漬栗子等產品。

甜點專賣店裡的實用單字

Ballotin [balɔtɛ̃] ···································· 裝巧克力糖的紙盒

Caisse [kɛs] ··· 收銀台

Confiserie [kɔ̃fizri] ································· 糖果，糖果店

Confiture [kɔ̃fityr] ······························· 果醬

Crème [krɛm] ······································· 奶油

Crème chantilly [krɛm ʃɑ̃tiji] ············· 鮮奶油

Délice [delis] ·· 形容「美味」的甜點名稱

Demi sec [dəmi sɛk] ····························· 半熟烘焙點心

Entremets [ɑ̃trəmɛ] ······························· 整個蛋糕

Fromage [frɔmaʒ] ································· 乳酪

Fruit [frɥi] ··· 水果

Fruit rouge [frɥi ruʒ] ····························· 覆盆子等莓果類

Gâteau de Voyage [gato də vwajaʒ] ········· 可常溫保存數日的蛋糕

Glacier [glasje] ···································· 冰淇淋或雪酪的總稱

Pâte [pat] ·· 麵糰（麵皮）

Pâtissier [patisje] ································· 糕點師傅

Petits fours glacés [pəti fur glase] ············ 小型冰蛋糕

Petits fours secs [pəti fur sɛk] ··············· 小甜餅

Sachet [saʃɛ] ······································· 玻璃紙袋

Salé [sale] ··· 鹽味

Serviette [sɛrvjɛt] ································· 餐巾紙

Sucre tiré [sykr tire] ····························· 拉糖

Vendeuses / Vendeur [vɑ̃døz /vɑ̃dœr] ··········· 女性販售員/男性販售員

（左上）糕點專賣店（Pâtisserie）．（左下）糖果糕餅店（Confiserie）．（右頁）巧克力專賣店（Chocolatier）。

013

在甜點店的對話　▶ 選購

～是什麼？

Quelle est ~ ?
[kɛlɛ]

最暢銷的蛋糕

votre spécialité maison la plus vendue en part individuelle.
[vɔtr spesjalite mɛzɔ̃ la ply vɑ̃dy ɑ̃ par ɛ̃dividɥɛl]

最暢銷的烘焙點心

votre spécialité maison la plus vendue dans la variété des gâteaux.
[vɔtr spesjalite mɛzɔ̃ la ply vɑ̃dy dɑ̃ la varjete de gato]

最暢銷的巧克力點心

votre spécialité maison la plus vendue faite avec du chocolat.
[vɔtr spesjalite mɛzɔ̃ la ply vɑ̃dy fɛt avɛk dy ʃɔkɔla]

請指給我看好嗎？

Montrez-moi, s'il vous plaît.
[mɔ̃tremwa sil vu plɛ]

請給我～。

~, s'il vous plaît.
[sil vu plɛ]

這個	這個和那個
Ça	**Ça et ça**
[sa]	[sa e sa]

不是那個，是這個。

Pas celui-là, celui-ci.
[pa səlɥila səlɥisi]

還需要其他的嗎？

Avec ceci?/ Ce sera tout?
[avɛk səsi / sə səra tu]

這樣就好了。

C'est tout.
[sɛ tu]

▶用手指出想要的東西後，店員會問 Avec ceci? 或
Ce sera tout?，若還有請繼續選購，若選完的話就
回答 C'est tout. [sɛ tu]。

我要～個（盒）。

Je voudrais ~, s'il vous plaît.
[ʒə vudre sil vu plɛ]

我要～克。

Je voudrais ~ grammes, s'il vous plaît.
[ʒə vudre gram sil vu plɛ]

1 **un/une** [œ̃ / yn]	2 **deux** [dø]	3 **trois** [trwa]	4 **quatre** [katr]	5 **cinq** [sɛ̃k]
6 **six** [sis]	7 **sept** [sɛt]	8 **huit** [ɥit]	9 **neuf** [nœf]	10 **dix** [dis]
20 **vingt** [vɛ̃]	30 **trente** [trɑ̃t]	40 **quarante** [karɑ̃t]	50 **cinquante** [sɛ̃kɑ̃t]	60 **soixante** [swasɑ̃t]
70 **soixante-dix** [swasɑ̃tdis]	80 **quatre-vingt** [katrvɛ̃]	90 **quatre-vingt -dix** [katrvɛ̃dis]		100 **cent** [sɑ̃]
200 **deux cents** [dø sɑ̃]	300 **trois cents** [trwa sɑ̃]	400 **quatre cents** [katr sɑ̃]	500 **cinq cents** [sɛ̃k sɑ̃]	

請給我～。
Un(une) ~ / Des~, s'il vous plaît.
[œ̃ (yn) / de sil vu plɛ]

請問有～嗎？
Avez-vous un(une)~ / des ~?
[ave vu œ̃ (yn) / de]

甜點杯	閃電泡芙	歌劇院蛋糕
verrine	**éclair**	**opéra**
[verin]	[eklɛr]	[ɔpera]
巴斯克蛋糕	法式磅蛋糕	可麗露
gâteau basque	**quatre-quarts**	**cannelé**
[gato bask]	[katrkar]	[kanle]
布列塔尼酥餅	國王烘餅	法式奶油酥餅
galettes bretonnes	**galette des rois**	**kouign amann**
[galɛt brətɔn]	[galɛt de rwa]	[kwiɲaman]
咕咕洛夫	克拉芙緹塔	安茹白乳酪蛋糕
kouglof	**clafoutis**	**crémet d'Anjou**
[kuglɔf]	[klafuti]	[krɛme dɑ̃ʒu]
水果蛋糕	薩瓦蘭蛋糕	莎布蕾奶油酥餅
cake aux fruits	**savarin**	**sablé**
[kɛk o frɥi]	[savarɛ̃]	[sable]
聖多諾黑泡芙	吉布思特奶油餡	夏洛特蛋糕
Saint-Honoré	**crème chiboust**	**charlotte**
[sɛ̃tɔnɔre]	[krɛm ʃibust]	[ʃarlɔt]
奶油泡芙	反烤蘋果塔	杏仁瓦片餅乾
choux à la crème	**tarte tatin**	**tuiles aux amandes**
[ʃu a la krɛm]	[tart tatɛ̃]	[tɥil o zamɑ̃d]

▶甜點的詳細資料請參考 P201 法語美
食辭典

杏仁糖	巧克力蛋糕	牛軋糖
dragée	**gâteau au chocolat**	**nougat**
[draʒe]	[gato o ʃɔkɔla]	[nuga]

水果軟糖	巴黎布列斯特泡芙	蝴蝶酥
pâte de fruits	**Paris-Brest**	**palmier**
[pat də frɥi]	[paribrest]	[palmje]

香料麵包	費南雪金磚蛋糕	黑森林蛋糕
pain d'épices	**financier**	**Forêt-Noire**
[pɛ̃ depis]	[finãsje]	[fɔrɛnwar]

巧克力熔岩蛋糕	水果派	草莓蛋糕
fondant au chocolat	**tarte aux fruits**	**fraisier**
[fɔ̃dã o ʃɔkɔla]	[tart o frɥi]	[frɛzje]

法式白乳酪蛋糕	馬卡龍	棉花糖
fromage blanc	**macaron**	**guimauve**
[frɔmaʒ blã]	[makarɔ̃]	[gimov]

瑪德蓮蛋糕	千層派	修女泡芙
madeleine	**mille-feuille**	**religieuse**
[madlɛn]	[milfœj]	[rəliʒjøz]

（在巧克力專賣店裡）
請給我玻璃紙袋。

Un sachet, s'il vous plaît.
[œ̃ saʃɛ sil vu plɛ]

請幫我裝在盒子裡好嗎？

Pouvez-vous l'emballer en ballotin ?
[puvɛvu lɑ̃bale ɑ̃ balɔtɛ̃]

（數量）
請問需要多少呢？

Vous en voulez combien ?
[vu zɑ̃ vule kɔ̃bjɛ̃]

▶盒裝的從 250 克起可以
自由搭配。

250	350	500
Deux cents cinquante	**Trois cents cinquante**	**Cinq cents**
[dø sɑ̃ sɛ̃kɑ̃t]	[trwa sɑ̃ sɛ̃kɑ̃t]	[sɛ̃k sɑ̃]

請給我～克。

~ grammes, s'il vous plaît.
[gram sil vu plɛ]

請給我～。

~, s'il vous plaît.
[sil vu plɛ]

店裡的推薦產品	新口味的產品
Votre spécialité maison	**Votre nouveauté**
[vɔtr spesjalite mɛzɔ̃]	[vɔtr nuvote]

請幫我裝在玻璃紙袋裡。

Mettez dans un sachet, s'il vous plaît.
[məte dã zœ̃ saʃɛ sil vu plɛ]

請給我～。

Un(une)~/Des ~, s'il vous plaît.
[œ̃ (yn) / de sil vu plɛ]

巧克力糖 **Bonbon au chocolat** [bɔ̃bɔ̃ o ʃɔkɔla]	四果巧克力 **Mendiant** [mãdjã]	巧克力橘子條（片） **Orangette** [ɔrãʒɛt]
松露造型巧克力 **Truffe** [tryf]	巧克力磚（片） **Tablette de chocolat** [tablɛt də ʃɔkɔla]	小方塊巧克力 **Napolitain** [napɔlitɛ̃]
原味甘納許醬 **Ganache nature** [ganaʃ natyr]	風味甘納許醬 **Ganache parfumée** [ganaʃ parfyme]	果仁糖 **Praline** [pralin]
綜合巧克力 **Assortiment** [asɔrtimã]		熱可可 **Chocolat chaud** [ʃɔkɔla ʃo]
巧克力泡芙蛋糕 **Bouchée au chocolat** [buʃe o ʃɔkɔla]		金莎巧克力 **Rocher au chocolat** [rɔʃe o ʃɔkɔla]

▶甜點的詳細內容請查閱 P201 的法語美食辭典。產地與風味的介紹請參閱 P109。

（在冰淇淋店裡）
請給我～口味的冰淇淋。

Du (de la) ~, s'il vous plaît.
[dy (də la) sil vu plɛ]

焦糖	鹽味奶油焦糖	巧克力	咖啡
Caramel	**Caramel salé**	**Chocolat**	**Café**
[karamɛl]	[karamɛl sale]	[ʃɔkɔla]	[kafe]

檸檬	柳橙	覆盆子	草莓
Citron	**Orange**	**Framboise**	**Fraise**
[sitrɔ̃]	[ɔrɑ̃ʒ]	[frɑ̃bwaz]	[frɛz]

薄荷	芒果	哈密瓜	水蜜桃
Menthe	**Mangue**	**Melon**	**Pêche**
[mɑ̃t]	[mɑ̃g]	[məlɔ̃]	[pɛʃ]

櫻桃	榛果	椰子	開心果
Cerise	**Noisette**	**Noix de coco**	**Pistache**
[səriz]	[nwazɛt]	[nwa də kɔko]	[pistaʃ]

我要～球用甜筒裝的冰淇淋。

~ dans un cornet, s'il vous plaît.
[dɑ̃ zœ̃ kɔrnɛ sil vu plɛ]

我要～球用杯子裝的冰淇淋。

~ dans un pot, s'il vous plaît.
[dɑ̃ zœ̃ po sil vu plɛ]

1 球	2 球	3 球
Une boule	**Deux boules**	**Trois boules**
[yn bul]	[dø bul]	[trwa bul]

014

在甜點專賣店的對話 ▶選購完畢後・結帳

甜點店

請幫我包裝。

Mettez dans un paquet cadeau, s'il vous plaît.
[məte dã zœ̃ pakɛ kado sil vu plɛ]

可以給我店內名片嗎？

Avez-vous une carte de visite ?
[avevu yn kart də vizit]

可以照相嗎？

Est-ce qu'on peut prendre des photos ?
[ɛs kɔ̃ pø prãdr de fɔto]

可以。

Oui.
[wi]

不可以。

Non.
[nɔ̃]

我可以～嗎？

Est-ce que je peux ~?
[ɛs kə ʒə pø]

結帳	拿收據
demander l'addition	**avoir une facture**
[dəmãde ladisjɔ̃]	[avwar yn faktyr]
用信用卡支付	分開結帳
payer par carte	**payer séparément**
[pɛje par kart]	[pɛje separemã]

Popelini
[pɔpelini]

[地址]　29 rue Debelleyme 75003 Paris
Tel:01 44 61 31 44
Filles du Calvaire
St-Sébastien-Froissart（地鐵 8 號線）
11:00〜19:30、（週日）10:00〜18:00
※週一休

裝在細長盒裡的迷你泡芙。小巧的尺寸相當可愛。

巴黎超人氣迷你泡芙

　　瑪黑區除了是巴黎著名的觀光景點，也是時尚流行之區。這樣的北瑪黑區在 2011 年春天開了一間泡芙專賣店 Popelini。

　　這間店的老闆 Lorraine 從小就喜歡吃泡芙，她一直構思著創立泡芙專賣店的想法。有一天，她遇到了與她同年、曾在 Hôtel Plaza Athénée 研習並於 Ladurée 任職過的甜點師傅 Alice，兩人為了實現共同的夢想努力著，終於在 26 歲時開了這間泡芙專賣店。

　　Popelini 這個名字是取自 1540 年發明泡芙的義大利點心師傅。商品櫥窗裡整齊排列的迷你泡芙多彩繽紛，看得出 2 位女性老闆的感性與品味。

　　泡芙一共有 11 種口味，除了有微苦巧克力、馬達加斯加香草、鹽味奶油焦糖等 9 種常售口味，還有大約每 2 週變換的口味 Chou éphémère 和本日泡芙 Chou du jour，每個 1.85 歐元（本日泡芙每個 2.80 歐元），可以選購 6 個、12 個、18 個的組合，店家會依尺寸用小巧精緻的盒子包裝，十分可愛。

（上）以咖啡色、米色與粉紅色為色調的裝潢，常讓人以為是時裝店。（下）店名 Popelini 是以發明泡芙的甜點師傅命名的。（右）可以放在手掌心上，尺寸像馬卡龍一樣小巧可愛，麵皮軟硬度剛剛好。

Boulangerie

在麵包店買麵包

吃一口就驚豔的美妙滋味

說到法國麵包，第一個想到的就是外皮酥脆的長棍麵包 Baguette 。日本雖然也買得到長棍麵包，不過不知道是使用的麵粉還是奶油的不同，法國當地的麵包就是美味無比。對法國人而言，麵包就像我們的米飯一樣重要，就算是鄉下地方的小麵包店，也能買到好吃的長棍麵包。順帶一提，法語的麵包店叫做 Boulangerie。

對法國人來說，長棍麵包早已是生活中不可或缺的一部分，在法國，每年都會舉辦長棍麵包比賽，這個比賽是為了保留麵包這項傳統食品的發展為目的而舉辦的，舉辦的單位為巴黎市與巴黎工商會。比賽規定製作長55~65cm、重 250~300 g 的長棍麵包，評選的項目包括口味、香氣、外觀、麵包心與烘焙度等 5 項目。奪得大獎的店家可獲得 4000 歐元的獎金，並將供應法國總統官邸愛麗舍宮（Palais de l'Élysée）一年的麵包，同時也可以在店面掛上獎牌。法國人通常沒有排隊購物的習慣，不過奪得大獎的店家卻經常大排長龍，不妨在導覽書或網路上查詢獲獎的店家，品嚐一下令人驚豔的滋味。

非自助、面對面的販售方式

　　台灣的麵包店，一般都是自己拿托盤選擇喜歡的麵包，再到櫃檯結帳。而在法國，購買的方式通常是先排隊，再到商品櫃一一告訴店員自己想買的商品。若購買長棍麵包，可告訴店員想要的烘焙度（較焦的或較不焦的），吃不完一條的話，也可以請店員對半切。如果購買時後面的隊伍很長怎麼辦？法國人通常會耐心等待前面的人買完，請放心選購。購買長棍麵包時，有些店家只會給一張紙覆蓋手拿的地方（也有店家會用袋子裝），這一點和我們比較不一樣。不妨拿在手上，用道地的方式品嚐美味的長棍麵包。

　　麵包店通常在早上 7 點開門，由於長棍麵包放久了會韌掉，因此法國人通常只買短時間吃得完的份量，不過也有人會趁新鮮時先分切冷凍保存。將新鮮的長棍麵包橫切一半（Tartine），抹上奶油或果醬，就是相當常見的法式早餐。

　　法國的麵包店，除了長棍麵包之外，也有販售維也納麵包（Viennoiserie）或是其他點心等。維也納麵包指的是像可頌麵包、巧克力麵包或布里歐修麵包等使用大量奶油的甜麵包。此一說法源自於「維也納風味」。此外，糕點類（Pâtisserie）的塔派（Tarte）、餅乾（Cookie）、奶油酥餅（Sablé）、瑪德蓮蛋糕（Madeleine）等是以麵粉為主的點心，而麵粉類點心正是麵包店最擅長的領域，因此麵包店裡的點心並不會輸給糕點專賣店，價格也更經濟實惠。

一開店就門庭若市的巴黎麵包店

015

在麵包店裡的對話 ▶ 選購

請給我～。

Un(une) ~ / Des ~, s'il vous plaît.

[œ̃ (yn) / de sil vu plɛ]

請問有～嗎？

Avez-vous un(une) ~ /des ~?

[avevu œ̃ (yn) / de]

長棍麵包	巴塔麵包（較粗短）	巴黎式麵包
baguette	**batard**	**parisien**
[bagɛt]	[batar]	[parizjɛ̃]

麥穗麵包	圓麵包	細繩麵包
épi	**boule**	**ficelle**
[epi]	[bul]	[fisɛl]

鄉村麵包	天然酵母麵包	核桃麵包
pain de campagne	**pain au levain**	**pain aux noix**
[pɛ̃ də kɑ̃paɲ]	[pɛ̃ o ləvɛ̃]	[pɛ̃ o nwa]

裸麥麵包	糠麥麵包	雜糧麵包
pain au seigle	**pain au son**	**pain aux céréales**
[pɛ̃ o sɛgl]	[pɛ̃ o sɔ̃]	[pɛ̃ o sereal]

全麥麵包	天然發酵硬質麵包	吐司麵包
pain complet	**pain de lodève**	**pain de mie**
[pɛ̃ kɔ̃plɛ]	[pɛ̃ də lɔdɛv]	[pɛ̃ də mi]

布里歐修麵包	可頌	巧克力麵包
brioche	**croissant**	**pain au chocolat**
[brijɔʃ]	[krwasɑ̃]	[pɛ̃ o ʃɔkɔla]

牛奶麵包	葡萄麵包	蘋果派（點心麵包）
pain au lait	**pain aux raisins**	**chausson aux pommes**
[pɛ̃ o lɛ]	[pɛ̃ o rɛzɛ̃]	[ʃosɔ̃ o pɔm]

馬卡龍	卡士達醬烤塔	法式甜甜圈
macaron	**flan**	**beignet**
[makarɔ̃]	[flɑ̃]	[bɛɲɛ]

閃電泡芙	修女泡芙	可麗露
éclair	**religieuse**	**cannelé**
[eklɛr]	[rəliʒjøz]	[kanle]

聖多諾黑泡芙	香料蛋糕	脆糖迷你泡芙
Saint-Honoré	**pain d'épices**	**chouquette**
[sɛ̃tɔnɔre]	[pɛ̃ depis]	[ʃukɛt]

▶麵包與點心的詳細內容請參閱 P201 的法語美食辭典。麵包店也會賣三明治，相關
內容請參閱 P94。

麵包店

長棍麵包的種類

　　法式長棍麵包有各種不同形狀與種類。長棍麵包
（baguette）有酥脆的外皮與適度的鹽味（右圖）。
巴塔麵包（Batard）也是棒狀，但比 Baguette 來得粗
短，內芯鬆軟濕潤。而巴黎式麵包（Parisien）比
Baguette 粗，橫切面較大，很適合拿來做三明治。細
繩麵包（Ficelle）比 Baguette 細，帶有酥脆的口感。
不管哪一種麵包，它們的發酵方式與配方都與
Baguette 相同，品嚐的樂趣就在於不同造型所帶來的
各種口感。

016

在麵包店裡的對話 ▶ 選購・結帳

分辨美味的長棍麵包

　　雖然每個人對美味的感受程度不同，但到底怎樣才算是好吃的長棍麵包呢？ 那就是外皮酥脆、內部呈米色、鬆軟濕潤並帶有堅果或焦糖般香氣的麵包。另外，橫切後大小不規則的氣孔也是美味的最佳證明。

不是那個，是這個。
Pas celui-là, celui-ci.
[pa səlųila　səlųisi]

請給我～。
~, s'il vous plaît.
[sil vu plɛ]

這個	這個和那個
Ça	**Ça et ça**
[sa]	[sa e sa]

請給我～個。
Je voudrais ~, s'il vous plaît.
[ʒə vudre sil vu plɛ]

1	2
un/une	**deux**
[œ̃ / yn]	[dø]

3	4	5	6
trois	**quatre**	**cinq**	**six**
[trwa]	[katr]	[sɛ̃k]	[sis]

7	8	9	10
sept	**huit**	**neuf**	**dix**
[set]	[ɥit]	[nœf]	[dis]

請給我～。

~, s'il vous plaît.
[sil vu plɛ]

烤得比較焦的
Bien cuite
[bjɛ̃ kɥit]

烤得比較不焦的
Pas trop cuite
[pa tro kɥit]

半條
Une demi
[yn dəmi]

▶購買長棍麵包時，可以告知想要的烘焙程度以及大小。

還要其他的嗎？
Voulez-vous autre chose ?/Avec ceci?/ Ça sera tout ?
[vulevu ɔtr ʃoz / avɛk səsi / sə səra tu]

這樣就好了。
C'est tout.
[sɛ tu]

▶選購完畢時可以這麼說。

我可以～嗎？
Est-ce que je peux ~?
[ɛs kə ʒə pø]

結帳
demander l'addition
[dəmɑ̃de ladisjɔ̃]

用信用卡支付
payer par carte
[pɛje par kart]

拿收據
avoir une facture
[avwar yn faktyr]

Colin (*Régis Colin*)

[kɔlɛ̃]

[地址]　53 rue Montmartre 75002 Paris
　　　Tel: 01 42 36 02 80
　　　Les Halles（地鐵 4 號線）
　　　Sentier（地鐵 3 號線）
　　　8:00〜20:00　※週六、週日、國定假日休

這裡的長棍麵包曾榮獲巴黎長棍麵包大賽第一名，非常美味。

價格實惠的獲獎名店

　　Colin 位於巴黎大堂區附近，聚集了眾多廚具用品店，如「MORA」等的地區。

　　店內明亮，裡面有各式各樣烤成金黃色的麵包，以及各種不同顏色的蛋糕。

　　Colin 於 2001 年開幕，3 年後獲得了可頌麵包、傳統長棍麵包、國王烘餅（Galette des rois）等類別的大獎。店裡擺放著獲獎的閃亮獎盃。

　　雖是獲獎無數的名店，但店內麵包價格卻很親民，感受不到商品的奢華感。經濟實惠的價格，吸引了許多排隊的人潮，很多人會在中午時前來購買三明治。

　　店內最受暢銷的產品，除了層次美觀的可頌麵包，還有巴黎布列斯特泡芙（Paris-Brest）。老闆 Régis Colin 對於此商品有著特別的堅持，他說：「由於我們的店鋪是平日營業，顧客多為上班族，因此我們把圓形帶孔的巴黎布列斯特泡芙，改成較易入口、如閃電泡芙般的長條狀，結果大受歡迎，現在成為店內的人氣商品。不但口感絕佳，清爽的甜味讓人有上癮的感覺」。店內總是飄散著麵包香氣與蛋糕的甜香氣息。喜歡吃麵包的話，Colin 絕對是一定要造訪的名店之一。

店內陳列著多樣化的商品，很快就賣完了。
店裡經常可見到排隊人潮。

（上）個性隨和的老闆
Régis Colin 先生。（右）老
闆推薦的人氣商品巴黎布
列斯特泡芙。

Fromagerie & Charcuterie

乳酪專賣店與加工肉品店

乳酪專賣店的世界

　　日本近年來大多以加工乳酪產品爲主流，不過愈來愈多人開始感受到天然乳酪的魅力，在餐桌上也慢慢開始看得到乳酪了。乳酪的法語是 Fromage，乳酪專賣店叫做 Fromagerie。

　　法國有各式各樣的乳酪，例如卡門貝爾白黴乳酪（Camembert），以及世界三大藍黴乳酪之一的洛克福乳酪（Roquefort）等等，各種不同種類與風味的乳酪，形成了法國根深柢固的乳酪文化。

　　乳酪千變萬化的口感與風味是其魅力所在，有些乳酪切開來口感滑順，有些帶著輕爽的酸味或刺激性的香氣。光是法國的乳酪就達 1000 種以上，可以搭配紅酒一起吃，或是餐後當點心。乳酪在法國人的飲食生活當中扮演了非常重要的角色。

　　法國人非常喜歡吃乳酪，他們通常會依自己的喜好購買 2~3 天份量。購買乳酪最重要的是不要擺放太久，只購買能吃得完的份量就好。有些乳酪店會有乳酪熟成師傅，你也可以將自己的喜好或吃法告訴熟成師傅，或向他們諮詢意見。

乳酪的種類

　　乳酪依其製造與發酵方式分成不同的種類。這裡將乳酪的種類分為 6 大種，有表面覆蓋白黴的產品，也有熟成時水洗式的產品或使用山羊奶製成的產品。此外，也有使用一種或多種天然乳酪融化後製成的加工乳酪產品。

卡門貝爾乳酪
（Camembert）
濃醇的奶香與內部柔軟的口感是其魅力。

白黴乳酪
溫和的口感
表面覆蓋一層白黴，內部柔軟滑嫩。代表產品為卡門貝爾乳酪（Camembert）與布里乳酪（Brie）。特徵是濃郁的奶香與溫潤的口感。

洛克福乳酪
（Roquefort）
具特殊的濃郁氣味，鹽味較重。

藍黴乳酪
濃烈刺激的味道
以自然發酵或在乳酪內養藍黴的方式，使內側而非外側發酵。具有較強烈的鹽味與獨特的濃郁氣味。

蒙塔那乳酪
（Montagnard）
雖是水洗式乳酪，但溫和無特殊氣味。

水洗式乳酪
用水洗引出獨特的風味
在熟成的過程中以水洗方式引出其風味的乳酪。用鹽水、白蘭地或紅酒帶出獨具風格的味道，一旦愛上可能會上癮。

布里亞·薩瓦蘭乳酪（Brilliat Savarin）
具滑嫩的口感及優雅的滋味。

鮮乳酪
清爽的酸味
在製造過程的第一階段（利用酵素和乳酸菌將牛奶凝結後，再去除水分的階段）就完成的乳酪。特徵是有著清爽的酸味，最好趁新鮮時食用。

康堤乳酪（Comté）
具豐富的口感以及濃郁的滋味。

硬質＆半硬質乳酪
美味成分濃縮於內
將完成的乳酪壓縮後，去除水分，很適合長期保存。富含氨基酸。硬質與半硬質乳酪的區別在於含水量的多寡。

謝爾河畔塞勒乳酪
（Selles-sur-Cher）
具溫和的酸味與清爽的口感

山羊乳酪
獨特的濃醇風味
用山羊奶製作的乳酪。春天到初夏時期是盛產季節。特徵是依熟成度會有口味上的差異，由於山羊奶的產期較短，生產量也較少。

照片提供/チーズ オンザ テーブル

各區乳酪的特色

　　前頁介紹了乳酪的種類，乳酪的種類和產地環境有很大的關係。優質的畜牧環境是乳酪美味的條件，因此，平緩的丘陵與山脈等適合畜牧的區域，也是最適合製造乳酪的地區，例如庇里牛斯山區所產的洛克福乳酪（Roquefort，世界三大藍黴乳酪之一）就非常有名。在全世界都很受歡迎的卡門貝爾乳酪（Camembert）是諾曼第地區的牧草區所製造的。羅亞爾河地區的特產山羊乳酪也很有名，其中金字塔造型的瓦蘭西乳酪（Valencay）、圓柱體的聖多摩爾乳酪（Sainte-maure）是造型比較獨特的乳酪。法國東部的亞爾薩斯山脈眾多，水洗式乳酪的芒斯特乳酪（Munster）是代表性產品。乳酪的產地不同，其性質與種類也各有不同。

　　法國的乳酪也和葡萄酒一樣，具有 AOC（參閱 P149）的認證制度，對於乳酪原料的牛奶種類、生產地區、製造方法等等，AOC 皆有一套嚴謹的品管制度。

乳酪之王「布里乳酪」（Brie de Meaux）

　　發源自法蘭西島布里地區的「布里乳酪」（Brie de Meaux），是法國代表性的乳酪，相當受到大眾喜愛。熟成的時候內芯柔軟，一切就會流下來，很能誘發食欲。有許多和布里乳酪相關的故事流傳，據說在 1815 年的維也納會議中，歐洲各國代表們對於布里乳酪讚不絕口，將它封為「乳酪之王」。此外，相傳法王路易十四也非常喜愛這款乳酪，在法國大革命逃亡期間，因為想吃布里乳酪特地停下馬車而遭拘捕，「乳酪之王」的封號真是名不虛傳。

加工肉品店（Charcuterie）的魅力

　　法國孕育出的另一種飲食文化，就是加工肉品（Charcuterie）。法語 Charcuterie 是「肉（Chair）」與「加熱烹調（Cuire）」合起來的意思，指的就是販售豬肉或內臟類加工製成的火腿、香腸、肉派或肉醬等加工肉品的商店。

　　從前的人用鹽漬或壓縮的方式來保存豬肉並誘出肉的美味成分，就是肉類加工的原始出發點。後來，各個區域或村莊的店家，為了使產品更具競爭力，紛紛使用獨門香料或烹調法，因此也出現了多樣化的產品。現在，肉類加工品也成為法國飲食文化的代表性食物。在法國的家庭派對中，加工肉品和紅酒與乳酪一樣都是不可或缺的存在。

　　法國各地的加工肉品店也各有不同的特色，例如在洛林區（Lorraine）有一家叫做 Fromage de Tête 的加工肉品店（這裡的 Fromage 並非「乳酪」，而是「造型、凝固」這個字變化而來的，Tête 是「頭」的意思），店家將頭部肉以肉汁燉煮後冷卻凝固製成產品，有著爽脆的口感以及豐富的膠原蛋白，非常美味。此外，在葡萄酒產地的亞爾薩斯地區，有一種叫做 Knack 的香腸，是以德語中咬香腸的擬聲詞來命名的，吃這道香腸料理時，建議搭配芥末醬與馬鈴薯一起食用。

　　加工肉品會因食材部位不同而有不同的口感，這也是品嚐的樂趣之一，來了法國，請一定要來嚐嚐道地加工肉品的滋味。

種類豐富的加工肉品

加工肉品的火腿或香腸，通常會依製造方式、產地以及部位等，分為不同的種類。

法語的火腿叫做 Jambon，香腸叫做 Saucisson。火腿依製造方式分成三種：加熱烹調過的熟火腿 Jambon cuit、未加熱烹調的生火腿 Jambon sec，以及煙燻火腿 Jambon fumé。同樣地，香腸也分為三種：大香腸 Saucisson、小香腸 Saucisse、用豬血與油脂製作的血腸 Boudin。

其他如用剁碎的肉再以辛香料或利口酒等製成的肉派 Terrine，或用豬肉及油脂混製的熟肉醬 Rillettes 也是法國常見的產品。

品嚐內臟腸

Andouillette 和 Andouille 是法國傳統內臟料理，通常是將豬內臟或喉部的肉填塞進豬腸衣內，填塞進小腸衣的細香腸叫 Andouillette，填塞進大腸衣的粗香腸叫 Andouille。將內臟腸煎到表面焦脆，再沾上芥末醬食用，風味相當特別，愈吃愈上癮。

法國有一個由喜好內臟腸的人所組成的名為 AAAAA（法國內臟腸協會）※的團體，通過此團體認證的內臟腸，在菜單上會註記 5A 或 A.A.A.A.A.。到了加工肉品店或餐廳裡，可做為選購的參考。

※ Association Amicale des Amateurs d'Andouillette Authentique

加工肉品店內的模樣。售有許多不同種類的加工肉品。

ROTI FOUR
4.80 kg

PÂTÉ CROÛTE
AUX MORILLES
€ 18.95 kg

CONFIT de FOIE
de CANARD
€ 17.30 kg

PÂTÉ de CHAIR et FOIE
AUX NOISETTES
€ 24.15 kg

PÂTÉ
AU LAPIN
€ 17.30 kg

販售 Pâté（肉醬，肉派）的部門。依
部位或材料來決定價格，是法國人相
當喜愛的食物。

請給我～。

Un(du)~, s'il vous plaît.
[œ̃ (dy) sil vu plɛ]

▶不同類型的乳酪請參閱 P135。

白黴乳酪	藍黴乳酪
fromage à pâte molle à croûte fleurie [frɔmaʒ a pat mɔl a krut flœri]	fromage à pâte persillée [frɔmaʒ a pat persije]
硬質乳酪	半硬質乳酪
fromage à pâte pressée cuite [frɔmaʒ a pat prɛse kɥit]	fromage à pâte pressée non cuite [frɔmaʒ a pat prɛse nɔ̃ kɥit]
鮮乳酪	水洗式乳酪
fromage frais [frɔmaʒ frɛ]	fromage à pâte molle à croûte lavée [frɔmaʒ a pat mɔl a krut lave]
山羊乳酪	加工乳酪
fromage de chèvre [frɔmaʒ də ʃɛvr]	fromage fondu [frɔmaʒ fɔ̃dy]

請給我～。

Du(de la/des)~, s'il vous plaît.
[dy (də la / de) sil vu plɛ]

▶產品的詳細內容請參閱 P201 法語美食辭典

里昂香腸	內臟腸（細）
saucisson de lyon [sosisɔ̃ də ljɔ̃]	andouillette [ɑ̃dujɛt]
土魯斯香腸	蒙貝利亞爾香腸
saucisse de toulouse [sosis də tuluz]	saucisse de montbéliard [sosis də mɔ̃belijar]
史特拉斯堡香腸	普羅旺斯香料香腸
saucisse de strasbourg [sosis də strasbur]	saucisson aux herbes de Provence [sosisɔ̃ o zɛrb də prɔvɑ̃s]

我在找～（地區）的產品。

Je cherche une spécialité de ~.
[ʒə ʃɛrʃ yn spesjalite də]

諾曼第地區	勃艮第地區	法蘭西島地區
Normandie [nɔrmãdi]	**Bourgogne** [burgɔɲ]	**Île de France** [iɫ də frãs]

奧弗涅地區	法蘭屈‧康堤地區	庇里牛斯山地區
Auvergne [ovɛrɲ]	**Franche-Comté** [frãʃkɔ̃te]	**Midi-Pyrénées** [midipirene]

亞爾薩斯地區	巴斯克地區	羅納‧阿爾卑斯地區
Alsace [alzas]	**Basque** [bask]	**Rhône-Alpes** [rɔ̃nalp]

羅亞爾河地區	普羅旺斯地區	
Loire [lwar]	**Provence** [prɔvãs]	

乳酪專賣店與加工肉品店

鴨肉腸	鹿肉腸
saucisson de canard [sosisɔ̃ də kanar]	**saucisson de chevreuil** [sosisɔ̃ də ʃəvrœj]

陶罐派，肉派	熟肉醬	巴黎火腿
terrine (pâté) [tɛrin (pate)]	**rillettes** [rijɛt]	**jambon de paris** [ʒãbɔ̃ də pari]

貝約納煙燻火腿	醃燻豬蹄
jambon de bayonne [ʒãbɔ̃ də bajɔ̃n]	**jambonneau** [ʒãbɔno]

黑血腸	白血腸	巴黎香腸
boudin noir [budɛ̃ nwar]	**boudin blanc** [budɛ̃ blã]	**saucisson de paris** [sosisɔ̃ də pari]

是～（味道）嗎？
C'est ~?
[sɛ]

滑嫩的	香氣重的	口味濃郁的	酸味重的
moelleux	**parfumé**	**fort**	**acide**
[mwalø]	[parfyme]	[fɔr]	[asid]

有特殊氣味的	鹹的	酸味較淡的	清爽的
un goût particulier	**salé**	**moins acide**	**léger**
[œ̃ gu partikylje]	[sale]	[mwɛ̃ asid]	[leʒe]

請給我～克。
~ grammes, s'il vous plaît.
[gram sil vu plɛ]

50	100	200	300
Cinquante	**Cent**	**Deux cents**	**Trois cents**
[sɛ̃kɑ̃t]	[sɑ̃]	[dø sɑ̃]	[trwa sɑ̃]

400	500	600	700
Quatre cents	**Cinq cents**	**Six cents**	**Sept cents**
[katr sɑ̃]	[sɛ̃k sɑ̃]	[sis sɑ̃]	[set sɑ̃]

800	900	1000
Huit cents	**Neuf cents**	**Mille**
[ɥit sɑ̃]	[nœf sɑ̃]	[mil]

我可以～嗎？
Est-ce que je peux~ ?
[ɛs kə ʒə pø]

結帳
demander l'addition
[dəmɑ̃de ladisjɔ̃]

拿收據
avoir une facture
[avwar yn faktyr]

用信用卡支付
payer par carte
[pɛje par kart]

一共多少錢？
Combien ça coûte ?
[kɔ̃bjɛ̃ sa kut]

找的錢不對。
Vous vous êtes trompez (en me rendant la monnaie)
[vu vu zɛt trɔ̃pe (ɑ̃ mə rɑ̃dɑ̃ la mɔnɛ)]

我還沒拿到找的錢。
Je n'ai pas encore reçu ma monnaie.
[ʒə nɛ pazɑ̃kɔr rəsy ma mɔnɛ]

Alléosse
[aleɔs]

[地址]　13 rue Poncelet 75017 Paris
Tel: 01 46 22 50 45
Ternes（地鐵 2 號線）
9:00～13:00、16:00～19:00、
（週五～週六）15:30~19:00　※週一休

店內販售的乳酪，都經過
乳酪熟成師的巧手照顧，
美味度更上一層樓。

巨匠熟成師經手製出最棒的產品

　　有乳酪王國之稱的法國，擁有數量眾多的乳酪專賣店，其中最知名的就是巴黎 17 區的 Alléosse。老闆 Philippe Alléosse 擁有法國勞委會頒佈「Maître Artisan Fromager Affineur（乳酪熟成師中的巨匠）」的稱號，這是製造美味乳酪的專家—乳酪熟成師的最高榮譽。

　　這裡一年大約販售 180～250 種乳酪。Alléosse 先生在自家的乳酪熟成地窖中，控管各種乳酪所需的不同溫度以及洗浸方式，使乳酪在最佳的狀態中熟成。

　　店面以當季花卉裝飾，可以看到緊密陳列著各式匠心獨具的乳酪產品，商品數量之多，讓人感受到乳酪深奧的魅力。從一開店顧客就絡繹不絕，商品一項一項地售出，雖然這裡是人氣乳酪專賣店，但完全不用擔心排隊的時間，一般大約 5 分鐘左右就可排到。

　　Alléosse 先生的熟成技術，也獲得了專業料理人極高的評價，許多米其林星級餐廳也選用這裡的乳酪產品。來了法國，請一定要來品嚐這擄獲法國人味蕾的乳酪產品！

相同種類的乳酪，也會因熟成階段不同而有風味上的差異。這裡可依喜好選購各種熟成階段的乳酪，是令人開心之處。

（上）店內以當季花卉裝飾，緊密地陳列著各式乳酪商品，令人目不暇給。（右下）一年大約販售 180～250 種乳酪。

La boutique du vin

享用美味葡萄酒

全世界人都喜愛的法國葡萄酒

　　雖然義大利及西班牙等國也盛行釀造葡萄酒，不過說到葡萄酒，還是法國最具盛名。葡萄酒的種類有紅酒、白酒、玫瑰酒與汽泡酒，而法國正是產量最多的地方。

　　葡萄酒是法國引以為傲的文化，法國有 AOC 以及 VDQS（P149）制度來抵制劣質品或假貨。正是因為法國人對葡萄酒品質的堅持，才使得全世界都認為法國生產的葡萄酒是最棒的。

　　法國常舉辦許多與葡萄酒相關的活動。在這個葡萄酒王國中，經常在爭奪誰是冠亞軍生產地的波爾多梅鐸（Medoc）地區，每年 9 月上旬會舉辦紅酒馬拉松比賽，跑者可以沿途喝紅酒，途中主辦單位還會提供生蠔、牛排等美食，有些跑者還會變裝參加，是非常特別的活動。其他還有在 9～11 月葡萄採收時期，各葡萄產地會舉辦葡萄酒節。其中最大的活動就是勃艮第地區的博納（Beaune）葡萄酒節，每年 11 月的第三週舉辦，活動期間又稱為「光榮的三日」，這時全世界喜愛葡萄酒的人都會聚集於此，使整座城鎮充滿了活力。

葡萄酒的品質規格

《AOC / VDQS》

AOC※1 法語是「原產地管制命名」之意，這是法國為了確保葡萄酒、乳酪等產品的品質，所制定出來的高規格管理辦法。優質的葡萄酒生產地，對於葡萄的品種、栽種方法以及釀造方式等都有不同的做法。AOC 就是對原產地、原材料以及釀造法等給予官方的正式認證，這樣的方式不但可以排除假貨，也能確保傳統產地的特色以及優良的品質。

2011 年達到 AOC 水準的 VDQS※2（優良地區餐酒），全都已升級為 AOC，不過 2010 年的 VDQS 產品目前仍然在市面上流通。

1. Appellation d'Origine Contrôlée（法定產區葡萄酒）
2. Vin Délimité de Qualité Supérieure（優良地區餐酒）

《vin de pays / vin de table》

法國的餐酒共分為兩種，一種是在固定的葡萄園種植葡萄，並打上原產地的 vin de pays，也就是所謂的「地區餐酒」。

另一種，叫做 vin de table（日常餐酒），在標籤上必須標出酒精度數，無指定的生產地，是混合不同國家或生產地的葡萄所製成的混合葡萄酒。

雖然是「日常餐酒」，但並不代表它的風味等級會比 AOC 認證的酒來的差。有些產品是因為沒有達到 AOC 的規定而變成日常餐酒。

酒標的讀法

若懂得如何閱讀葡萄酒的標籤，在看到葡萄酒的酒瓶時，就能獲得更多實用資訊，做為選購時的參考。

① 商品名
② 採收年
③ 生產地區
④ AOC
⑤ 酒莊
⑥ 酒精度數、容量

應該記住的知名葡萄酒產地

勃艮第、波爾多、普羅旺斯等地區都是國際認可的知名葡萄酒產地。此外，其他地區也還有好幾個著名的葡萄酒產區。

自然環境與地方名產有著極大的關係，葡萄酒的成品也一樣，會受到相當程度的影響。不過，每個地區不同的風味，正是品酒的樂趣之一，這或許也是葡萄酒愛好者能不斷增加的原因。

一起來學習葡萄酒產地與風味的深奧學問吧！

英國

比利時　　　　　　　　　德國

北部‧加來海峽地區
（Nord Pas de Calais）　　　盧森堡

皮卡第地區
（Picardie）

巴黎‧（Paris）
★　　　　　　①　　　　　　洛林地區（Lorraine）
諾曼第地區　　法蘭西島地區　　香檳‧阿登地區　　②
（Normandie）　（Ile de France）　（Champagne-Ardenne）　亞爾薩斯地區　　奧地利
　　　　　　　　　　　　　　　　　　　　　　　　（Alsace）

布列塔尼地區　　　③
（Bretagne）　　羅亞爾河地區　　中央區　　　④　　　法蘭屈‧康堤地區
　　　　　　（Pays de la Loire）　（Centre）　勃艮第地區　（Franche-Comté）
　　　　　　　　　　　　　　　　　　　（Bourgogne）　　　　　瑞士
　　　　　　　　　　　　法國（France）

普瓦圖‧夏朗德地區
（Poitou-Charentes）利穆贊地區　　　　　　　　　　⑦
　　　　　　　（Limousin）　　　　　羅納‧阿爾卑斯地區　列支敦斯登
　　　　　　　　　　奧弗涅地區　　（Rhône-Alpes）
　　　　　　　　　（Auvergne）　　　　　　　　　　義大利
　　　　　　⑤
　　　　　阿基坦地區
　　　　（Aquitaine）
　　　　　　　　　　　　　　　　　　⑥
　　　　　　　　　　　　　　　普羅旺斯‧阿爾卑斯‧藍岸地區
　　　南部‧庇里牛斯地區　　　（Provence-Alpes-Côte d'Azur）
　　　（Midi-Pyrénées）　⑧
　　　　　　　朗格多克‧魯西永地區　　　　　　科西嘉島
　　　　　（Languedoc-Roussillon）　　　　　（Corse）

西班牙　　　安道爾

① 香檳地區

香檳酒（Champagne）就是在此地區製造，按照嚴格的法規釀造的葡萄汽泡酒。有著精緻的果香。

② 亞爾薩斯地區

由於此區與德國相鄰，大多生產近似德國葡萄酒的辣味葡萄酒。使用許多不同品種的葡萄，有強烈的果香味，適合搭配法國料理，也適合搭配日本料理。

③ 羅亞爾河地區

羅亞爾河地區分為沿岸的海洋性氣候與內陸的大陸性氣候，因此種植了許多不同品種的葡萄，此區葡萄酒的共同點是帶有清新的酸味與清爽的香氣。

④ 勃艮第地區

最大特徵就是用單一品種的葡萄釀造，葡萄的風味比較單純，可以紮實品嚐到當地土地的氣息，辣味白葡萄酒的代表是夏布利（Chablis），受到全世界人的喜愛。

⑤ 波爾多地區

法國國內的 AOC 葡萄酒，波爾多就佔了四分之一。它是用不同品種的葡萄混合釀製，通常選用的是口味較濃郁的葡萄，喝起來澀味比較強烈。

⑥ 普羅旺斯地區

普羅旺斯是法國最早的葡萄酒生產地，也是眾所皆知的玫瑰酒產地。清爽而無特殊濃厚的氣味，一般而言價格便宜。

⑦ 隆河谷地地區

北部與南部氣候上有差異，因此葡萄酒的特徵也不同。恰到好處的澀味與酸味，是它受歡迎之處。此地區的酒是在餐廳點酒時較不易出錯的選項。

⑧ 朗格多克・魯西永地區

此地區的葡萄佔了法國全國葡萄栽種面積的四成，葡萄酒產量相當多。大多為入口滑順，有著清新果香的葡萄酒。

葡萄酒專賣店

葡萄酒的成品會受到葡萄的品質影響。由
於葡萄的品質取決於氣候，優良氣候下栽
種的那一年就是葡萄豐收年。品質也會影
響到價格，豐收年所釀造的葡萄酒價格會
跟著水漲船高。

GRAPHE
DU PAPE
Clos de Tart
2004
396,00 €
AND CRU
LAMBRAYS
2002
HAUT-MEDOC
1999
308,00 €
CHATEAU PAPE CLEMENT
1 JERO
2000
CHATEAU PAPE CLEMENT
1 JERO
L 9001
1999
CHATEAU PAPE CLEMENT
1 JERO
L 9001
1999
GRAPHE
DU PAPE
GRAND CRU

在葡萄酒專賣店裡的對話 ▶ 選購・詢問

請問有～嗎？

Avez-vous un (du) ~?
[ave vu œ̃ (dy)]

紅酒	白酒
vin rouge [vɛ̃ ruʒ]	**vin blanc** [vɛ̃ blɑ̃]

玫瑰酒	香檳酒	地區餐酒	日常餐酒
vin rosé [vɛ̃ roze]	**champagne** [ʃɑ̃paɲ]	**vin de pays** [vɛ̃ də pei]	**vin de table** [vɛ̃ də tabl]

法定產區葡萄酒	優良地區餐酒
AOC [aose]	**Vin Délimité de Qualité Supérieure** [vɛ̃ delimite də kalite syperjœr]

歡迎光臨。請問要找什麼呢？

Bonjour, vous cherchez quelque chose ?
[bɔ̃ʒur vu ʃɛrʃe kɛlkə ʃoz]

可以試喝嗎？

Est-ce que je peux déguster ?
[ɛs kə ʒə pø degyste]

可以。

Oui, s'il vous plaît.
[wi sil vu plɛ]

不能試喝，不好意思。

Non, je suis désolé.
[nɔ̃ ʒə sɥi dezɔle]

請問有～產的葡萄酒嗎？

Avez-vous du (un) vin de ~?
[avevu dy (œ̃) vɛ̃ də]

隆河谷地地區
Côtes du Rhône [kɔt dy ron]

波爾多地區	普羅旺斯地區	香檳地區	亞爾薩斯地區
Bordeaux [bɔrdo]	**Provence** [prɔvãs]	**Champagne** [ʃãpaɲ]	**Alsace** [alzas]

朗格多克・魯西永地區	羅亞爾河地區	勃艮第地區
Languedoc-Roussillon [lãgdɔkrusijɔ̃]	**Loire** [lwar]	**Bourgogne** [burgɔɲ]

▶產地的特徵請參閱 P151。

適合搭配～料理的是哪一種酒？

Quel vin va avec ce plat de ~ ?
[kɛl vɛ̃ va avɛk sə pla də]

牛肉	雞肉	野味（狩獵肉）	蔬菜
bœuf [bœf]	**poulet** [pulɛ]	**gibier** [ʒibje]	**légumes** [legym]

魚	海鮮	乳酪
poisson [pwasɔ̃]	**fruits de mer** [frɥi də mɛr]	**fromage** [frɔmaʒ]

請問有推薦適合搭配這種酒的料理嗎？

Qu'est-ce que vous me conseillez comme plat avec ce vin ?
[kɛs kə vu mə kɔ̃sɛje kɔm pla avɛk sə vɛ̃]

請問有～（風味・香氣）的葡萄酒嗎？

Avez-vous du vin ~?
[avevu dy vɛ̃]

這是～（風味・香氣）的葡萄酒。

Ce vin est ~.
[sə vɛ̃ ɛ]

有花香的	芳醇的	強烈的	澀味重的
parfumé	**séveux**	**puissant**	**austère**
[parfyme]	[sevø]	[pɥisɑ̃]	[ostɛr]

完整的	紮實的	濃厚的	成熟的
complet	**solide**	**étoffé**	**mûr**
[kɔ̃plɛ]	[sɔlid]	[etɔfe]	[myr]

新鮮的	豪華的，極好的	美味的	華麗的
frais	**magnifique**	**plaisant**	**fleuri**
[frɛ]	[maɲifik]	[plɛzɑ̃]	[flœri]

高雅的	醇厚的	細膩的	均衡的
élégant	**rond**	**fin**	**bien équilibré**
[elegɑ̃]	[rɔ̃]	[fɛ̃]	[bjɛ̃ ekilibre]

複雜的	爽口的	柔軟的	酸味重的
complexe	**gouleyant**	**souple**	**vert**
[kɔ̃plɛks]	[gulɛjɑ̃]	[supl]	[vɛr]

甜味	乾的	清淡的	濃烈的
doux	**sec**	**léger**	**corsé**
[du]	[sɛk]	[leʒe]	[kɔrse]

有果香的	辛辣的
fruité	**épicé**
[frɥite]	[epise]

在葡萄酒專賣店裡的對話 ▶ 運送

請問可以寄送到～嗎？

C'est possible de l'envoyer à~?

[sε pɔsibl də lɑ̃vwaje a]

可以。

Oui, c'est possible.

[wi sε pɔsibl]

沒辦法喔。

Non, ce n'est pas possible.

[nɔ̃ sə nε pa pɔsibl]

（運費）多少錢？

Combien ça coûte ?

[kɔ̃bjɛ̃ sa kut]

～歐元。

Ça coûte~euros.

[sa kut øro]

葡萄酒專賣店

寄送的注意事項

　　在國外購買葡萄酒，可以自行打包裝入行李箱，也可以用宅急便寄送。由於包裝時的緩衝包材、毛巾或報紙等在當地不見得買得到，又要多花一筆錢，建議還是先在國內準備好帶過去。若用的是軟殼行李箱，可能因碰撞而使酒瓶破損，因此最好用毛巾層層裹住，可以的話還是用硬殼箱比較保險。此外，只有通過安檢之後在免稅店購買的酒才可帶上飛機，請特別注意。

在葡萄酒專賣店裡的對話 ▶ 選購

我要～瓶這種葡萄酒。

Je voudrais ~ bouteille(s) de ce vin, s'il vous plaît.
[ʒə vudre butɛj də sə vɛ̃ sil vu plɛ]

1	2	3	4	5
un/une	**deux**	**trois**	**quatre**	**cinq**
[œ̃ / yn]	[dø]	[trwa]	[katr]	[sɛ̃k]

一共多少錢？

Combien ça coûte ?
[kɔ̃bjɛ̃ sa kut]

一共～歐元。

Ça coûte ~ euros au total.
[sa kut øro o tɔtal]

葡萄酒的價錢

在法國，同樣產地的葡萄酒，在不同店鋪會有不同的價格。葡萄酒的價格會因產地、葡萄採收量或保存形態等因素產生很大的差距。便宜的葡萄酒在超市可能一歐元就買到，其他像非 AOC 的波爾多葡萄酒，在一般店鋪都買得到，價格也不貴。

在葡萄酒專賣店裡的對話 ▶結帳

我可以～嗎？
Est-ce que je peux ~?
[ɛs kə ʒə pø]

結帳
demander l'addition
[dəmãde ladisjɔ̃]

拿收據
avoir une facture
[avwar yn faktyr]

用信用卡支付
payer par carte
[pɛje par kart]

一共多少錢？
Combien ça coûte ?
[kɔ̃bjɛ̃ sa kut]

找的錢不對。
Vous vous êtes trompez (en me rendant la monnaie).
[vu vu zɛt trɔ̃pe (ã mə rãdã la mɔnɛ)]

我還沒拿到找的錢。
Je n'ai pas encore reçu ma monnaie.
[ʒə nɛ pazãkɔr rəsy ma mɔnɛ]

葡萄酒專賣店

Traiteur

在熟食店選購

美味聚集的場所

熟食店裡有各式各樣的美食，譬如粗絞煙燻香腸、伊比利火腿、用莫札瑞拉乳酪製作的義大利番茄乳酪沙拉（Caprese）、焗烤筆管麵、酪梨鮮蝦佐美奶滋等等。

販售熟菜、輕食等食物的店鋪法語叫做 Traiteur。除了法國，歐洲各地或亞洲、美國、日本等地都有類似的熟食店。熟食店內的料理從肉類、海鮮沙拉到各地的傳統特色菜，林林總總陳列於櫥窗裡。在法國，許多熟食店鋪也兼賣點心。

熟食店裡的美食種類繁多，從火腿、香腸、乳酪沙拉、麵包、點心、酒類、中式料理到亞洲料理等一應俱全。

熟食店採面對面的方式選購，購買時可以告訴店員需要幾人份，這種店最大的特徵就是有實惠的價格與豐富的種類。法國人在開家庭派對時很喜歡到這裡採買，觀光客也可以在這裡買些多樣化的傳統菜或家常菜，帶回旅館享用。

店裡販售各式各樣的美味熟食。
豐富的色彩讓人看了食指大動。

在熟食店裡的對話 ▶ 選購

歡迎光臨，請問要找什麼嗎？
Bonjour, vous cherchez quelque chose?
[bɔ̃ʒur vu ʃɛrʃe kɛlkə ʃoz]

請給我～。
Je voudrais un(une)~/des ~.
[ʒə vudre œ̃ (yn) / de]

醃漬蔬菜
marinade de légumes
[marinad də legym]

醃漬海鮮
marinade de fruits de mer
[marinad də frɥi də mɛr]

肉類沙拉
salade de viande
[salad də vjɑ̃d]

海鮮沙拉
salade niçoise
[salad niswaz]

黑血腸
boudin noir
[budɛ̃ nwar]

白血腸
boudin blanc
[budɛ̃ blɑ̃]

法式鹹派
quiche
[kiʃ]

鑲肉
farcie
[farsi]

橄欖
olives
[ɔliv]

乳酪馬鈴薯泥
aligot
[aligo]

酸菜肉腸
choucroute
[ʃukrut]

蝸牛，田螺
escargots
[eskargo]

醋漬小黃瓜，酸黃瓜
cornichon
[kɔrniʃɔ̃]

醋漬蔬菜
pickles de légumes
[pikœl də legym]

大香腸
saucisson
[sosisɔ̃]

小香腸
saucisse
[sosis]

煙燻鮭魚
saumon fumé
[somɔ̃ fyme]

豬頭肉凍
museau
[myzo]

油封料理
confit
[kɔ̃fi]

請問有推薦的（料理）嗎？

Qu' est-ce que vous me conseillez ?

[kɛs kə vu mə kɔ̃sɛje]

我推薦～。

Je vous conseille le(la) ~.

[ʒə vu kɔ̃sɛje lə (la)]

▶產品的詳細內容請參閱 P120 法語美食辭典。

南法燉菜 **ratatouille** [ratatuj]	內臟腸（細） **andouillette** [ɑ̃dujɛt]	水果塔 **tarte aux fruits** [tart o frɥi]
酥皮肉派 **pâté en croûte** [pate ɑ̃ krut]	魚片，肉片 **escalope** [ɛskalɔp]	燉煮料理 **navarin** [navarɛ̃]
生火腿 **jambon sec** [ʒɑ̃bɔ̃ sɛk]	焗烤 **gratin** [gratɛ̃]	義大利麵 **pâtes** [pat]
披薩 **pizza** [pidza]	胡蘿蔔沙拉 **carotte râpées** [karɔt rape]	牛排 **bifteck** [biftɛk]
熱狗 **hot dog** [ɔtdɔg]	湯品 **soupe** [sup]	庫斯庫斯（北非小米飯） **couscous** [kuskus]

請給我～。

～, s'il vous plaît.
[sil vu plɛ]

不是那個，是這個。

Pas celui-là, celui-ci.
[pas səlɥila səlɥisi]

這個	這個和那個
Ça	**Ça et ça**
[sa]	[sa e sa]

請給我～克。

～ grammes, s'il vous plaît.
[gram sil vu plɛ]

50	100	200	300
Cinquante	**Cent**	**Deux cents**	**Trois cents**
[sɛ̃kɑ̃t]	[sɑ̃]	[dø sɑ̃]	[trwa sɑ̃]

400	500	600	700
Quatre cents	**Cinq cents**	**Six cents**	**Sept cents**
[katr sɑ̃]	[sɛ̃k sɑ̃]	[sis sɑ̃]	[sɛt sɑ̃]

800	900	1000
Huit cents	**Neuf cents**	**Mille**
[ɥit sɑ̃]	[nœf sɑ̃]	[mil]

我要外帶。

À emporter, s'il vous plaît.
[a ɑ̃pɔrte sil vu plɛ]

我要內用。

Je mange sur place.
[ʒə mɑ̃ʒ syr plas]

一共多少錢？

Combien ça coûte ?
[kɔ̃bjɛ̃ sa kut]

我可以～嗎？

Est-ce que je peux ~ ?
[ɛs kə ʒə pø]

結帳

demander l'addition
[dəmɑ̃de ladisjɔ̃]

拿收據

avoir une facture
[avwar yn faktyr]

用信用卡支付

payer par carte
[pɛje par kart]

找的錢不對。

Vous vous êtes trompez (en me rendant la monnaie).
[vu vu zɛt trɔ̃pe (ɑ̃ mə rɑ̃dɑ̃ la mɔnɛ)]

熟食店也會販售高級食材

在熟食專賣店很容易買到各式各樣的熟菜，其中有些店鋪也會販售熟食之外如鵝肝醬等高級食材。除了一般熟食、肉料理、魚料理等主菜之外，有些店還會擺放甜點、香檳酒等供顧客選購。不需要跑很多家店，在同一間店裡就可以買齊所有的食物，相當方便。

熟食店

Marché & Supermarché
在市集與超市購物

到市集感受巴黎人的日常飲食文化

在法國逛市集，能窺見當地人的日常生活，還可以認識各種不同食材，是一件很有樂趣的事。從巴黎到各城鎮，幾乎都會有一週約兩次的市集（Marché）於中午前擺攤。市集的特色是購物時可以直接與店家面對面溝通，在這裡買菜大多以公斤為單位標示，不過，若只想買一顆蘋果也沒問題。一般在市集都是現金交易。

另一方面，超市（Supermarché）也有其便利性，它的特徵就是不需面對面，只要選好自己想買的東西後結帳即可。一般而言，大多數的超市是將自己想買的蔬菜與水果放進袋子裡，拿到秤子上秤重，再將價格標籤自己貼上，接著將東西拿到結帳處。超市可以使用信用卡，九成以上都接受 VISA 卡。有些超市會有乳酪或熟食的獨立販售區，請自行告知店員想買的東西。不管在市集或超市，大多數的顧客都會攜帶環保袋。

在法國，有專門販售高級食品或調味料的專賣店，這種店的法語叫做 Épicerie，在這裡可買到各種獨特的食品或地方特產，產品也會幫顧客包裝得很精美，想買伴手禮的人不妨考慮看看。

巴黎人的生活與趨勢

　　市集的魅力，不僅僅只是豐富的食材，欣賞蔬菜或水果等產品的陳列也很有樂趣。有時還會看到用鋸齒狀的刀切成一半的哈蜜瓜等有趣形狀的產品，不同的陳列方式皆顯示了店家的用心。

　　不同市集各有不同的特色，例如巴黎的 Rennes 市集販售有機蔬菜已經超過二十年（每週日開放）。另外，12區的 Aligre 市集號稱是巴黎最便宜的市集，至於位於 16 區的 Iéna 市集，則是以優質食材聞名。

　　市集裡也有可以現場用餐的攤位。此外，除了生鮮食品，市集也有販售衣物、雜貨和花卉等商品。

　　超市也是各有特色。在巴黎，人們最先想到的超市是 Monoprix，這裡不僅販售食品，也有許多日常生活用品，種類繁多。Monoprix 的姊妹店 Monop'類似便利商店，營業至深夜 12 點。在巴黎街上看到愛心形狀裡寫著 F 的標誌是 Franprix，是巴黎相當庶民化的超市。順帶一提，巴黎的超市星期日通常不營業。

　　近來，有機產品愈來愈受大眾歡迎了，不但在超市可以看到販售有機產品的特區，還有專門販賣有機產品的有機超市 Biocoop 以及 Naturalia，裡面也有販售公平交易商品。

市集與超市

就算是國內也有的蔬菜，外觀看起來還是有所差異。市集裡充滿了有趣的新發現。

025

請問賣～的部門在哪裡？
Où est le rayon des ~ ?
[u ε lə rεjɔ̃ de]

這是什麼～？
Qu'est ce que c'est ce(cette/ces) ~?
[kεs kə sε sə (sεt / se)]

魚	蔬菜	肉	乳酪
poisson(s)	**légumes(s)**	**viande(s)**	**fromage(s)**
[pwasɔ̃]	[legym]	[vjɑ̃d]	[frɔmaʒ]

▶和乳酪相關的對話請參閱 P135、P142。

保存期限到什麼時候？
Je voudrais connaître la date limite de consommation.
[ʒə vudrε kɔnεtr la dat limit də kɔ̃sɔmasjɔ̃]

這是哪裡的特產呢？
Il (elle) vient de quelle région ?
[il (εl) vjɛ̃ də kεl reʒjɔ̃]

在市集購物的方法

在法國，購物都從「打招呼」開始，打了招呼後才告訴店員想要買的東西。就算標示是以公斤為單位，也可以告訴店員大約想要幾個，店員會幫忙稱重。若要買水芹菜（cresson）等以束／把為單位的東西，只要用數字＋ bouquet de ＋蔬菜名（例：Un bouquet de cresson, s'il vous plaît. 請給我一把水芹菜。）即可。

在市集購物時，請勿直接以手觸碰產品。如果店家有提供籃子，可以直接將想買的東西放到籃子裡。

您好，女士（先生）。請給我～。
Bonjour Madame(Monsieur), ~ s'il vous plaît.
[bɔ̃ʒur madam (məsjø) sil vu plɛ]

請給我～個。
~ s'il vous plaît.
[sil vu plɛ]

這個	這個和那個
ça	**ça et ça**
[sa]	[sa e sa]

1	2	3	4	5
un/une	**deux**	**trois**	**quatre**	**cinq**
[œ̃ / yn]	[dø]	[trwa]	[katr]	[sɛ̃k]

6	7	8	9	10
six	**sept**	**huit**	**neuf**	**Dix**
[sis]	[sɛt]	[ɥit]	[nœf]	[dis]

請給我～克。
~ grammes, s'il vous plaît.
[gram sil vu plɛ]

50	100	200	300
Cinquante	**Cent**	**Deux cents**	**Trois cents**
[sɛ̃kɑ̃t]	[sɑ̃]	[dø sɑ̃]	[trwa sɑ̃]

400	500	600	700
Quatre cents	**Cinq cents**	**Six cents**	**Sept cents**
[katr sɑ̃]	[sɛ̃k sɑ̃]	[sis sɑ̃]	[sɛt sɑ̃]

800	900	1000
Huit cents	**Neuf cents**	**Mille**
[ɥit sɑ̃]	[nœf sɑ̃]	[mil]

026

在市集與超市採買 ▶ 選購

您好，女士（先生）。請給我～。
Bonjour Madame(Monsieur), un(une) ~/des ~ s'il vous plaît.
[bɔ̃ʒur madam (məsjø) œ̃ (yn) / de sil vu plɛ]

您好，女士（先生）。請問有～嗎？
Bonjour Madame(Monsieur), avez-vous un(une) ~/des ~ ?
[bɔ̃ʒur madam (məsjø) ave vu œ̃ (yn) / de]

馬鈴薯	水芹菜	大蒜
pomme de terre	**cresson**	**ail**
[pɔm də tɛr]	[kresɔ̃]	[aj]

朝鮮薊	茄子	蘆筍
artichaut	**aubergine**	**asperge**
[artiʃo]	[obɛrʒin]	[aspɛrʒ]

甜菜	綠花椰	胡蘿蔔
betterave	**brocoli**	**carotte**
[betrav]	[brɔkɔli]	[karɔt]

芹菜	根芹菜	牛肝菌
céleri	**céleri-rave**	**cèpe**
[selri]	[selrirav]	[sɛp]

洋菇（香菇）	苦苣	球芽甘藍
champignon	**endive**	**chou de bruxelles**
[ʃɑ̃piɲɔ̃]	[ɑ̃div]	[ʃu də bryksɛl]

▶有關食材的詳細內容請參閱 P201 的法語美食辭典。

高麗菜 **chou** [ʃu]	小黃瓜 **concombre** [kɔ̃kɔ̃br]	菠菜 **épinard** [epinar]
扁豆 **lentille** [lãtij]	洋蔥 **oignon** [ɔɲɔ̃]	甜椒 **poivron** [pwavrɔ̃]
紅蔥頭 **échalote** [eʃalɔt]	韭蔥，大蔥 **poireau** [pwaro]	野苣 **mâche** [maʃ]
芝麻菜 **roquette** [rɔkɛt]	番茄 **tomate** [tɔmat]	萊姆 **lime** [lim]
檸檬 **citron** [sitrɔ̃]	柳橙 **orange** [ɔrɑ̃ʒ]	葡萄柚 **pamplemousse** [pɑ̃pləmus]
櫻桃 **cerise** [səriz]	香蕉 **banane** [banan]	草莓 **fraise** [frɛz]

覆盆子 **framboise** [frɑ̃bwaz]	蘋果 **pomme** [pɔm]	水蜜桃 **pêche** [pɛʃ]	西洋梨 **poire** [pwar]

市集與超市

您好，女士（先生）。請給我～。

Bonjour Madame(Monsieur)**, du(de la)~ /un(une) ~/des ~ s'il vous plaît.**
[bɔ̃ʒur madam (məsjø) dy(də la) /œ̃ (yn) / de sil vu plɛ]

您好，女士（先生）。請問有～嗎？

Bonjour Madame(Monsieur)**, avez-vous du(de la) ~/un(une)~ /des ~?**
[bɔ̃ʒur madam (məsjø) avevu dy(də la) / œ̃ (yn) /de]

牛肉	沙朗牛肉	菲力牛肉
bœuf	**faux-filet**	**filet**
[bœf]	[fofilɛ]	[filɛ]
牛肩肉	牛臀肉	牛大腿內側肉
macreuse	**culotte**	**tende de tranche**
[makrøz]	[kylɔt]	[tɑ̃d də trɑ̃ʃ]
牛大腿外側肉	小牛肉	小羊肩肉
gîte à la noix	**veau**	**carré découvert**
[ʒit a la nwa]	[vo]	[kare dekuvɛr]
小牛大腿肉	小羊肉	豬肉
cuisseau	**agneau**	**porc**
[kɥiso]	[aɲo]	[pɔr]
雞肉（家禽肉）	小雞肉	牛前臀肉
volaille	**poulet**	**aiguillette**
[vɔlaj]	[pulɛ]	[egɥijɛt]

雞大腿肉	鴨肉	兔肉
cuisse	**canard**	**lapin**
[kɥis]	[kanar]	[lapɛ̃]

雞蛋	鵪鶉蛋
œuf de poule	**œuf de caille**
[œf də pul]	[œf də kaj]

這個肉能幫我做成絞肉嗎？
Pouvez-vous hacher cette viande?
[puvevu aʃe sɛt vjãd]

想請店家做絞肉時　　在法國，很少有店家販售絞肉，大多是先買一塊肉，再請店家絞碎製成絞肉。牛肉的話一般都會幫客人絞，但有些店家會拗拒將豬肉放進絞肉機裡（因為法國人很少吃豬絞肉）。

您好，女士（先生）。請給我～。

Bonjour Madame(Monsieur), du(des) ~ s'il vous plaît.
[bɔ̃ʒur madam (məsjø) dy(de) sil vu plɛ]

您好，女士（先生）。請問有～嗎？

Bonjour Madame(Monsieur), avez-vous du(des) ~ ?
[bɔ̃ʒur madam (məsjø) avevu dy(de)]

比目魚	鮪魚	狼鱸魚	鯛魚
sole	**thon**	**bar**	**dorade**
[sɔl]	[tɔ̃]	[bar]	[dɔrad]

鱈魚	鯡魚	沙丁魚
cabillaud	**hareng**	**sardine**
[kabijo]	[arɑ̃]	[sardin]

鯖魚	鮭魚	海螯蝦
maquereau	**saumon**	**langoustine**
[makro]	[somɔ̃]	[lɑ̃gustin]

龍蝦	蝦子	牡蠣，生蠔
homard	**crevette**	**huître**
[ɔmar]	[kravɛt]	[ɥitr]

扇貝	貽貝（淡菜）	蛾螺
coquille Saint-Jacques	**moule**	**bulot**
[kɔkij sɛ̃ʒak]	[mul]	[bylo]

這些蛾螺是熟的嗎？

Ils sont déjà cuits, ces bulots ?

[il sɔ̃ deʒa kɥi se bylo]

麻煩幫我分開裝好嗎？

Pouvez-vous les mettre séparément ?

[puvevu le mɛtr separemɑ̃]

這樣就好，請問一共多少錢？

C'est tout. Combien ça coûte ?

[sɛ tu kɔ̃bjɛ̃ sa kut]

不好意思，我沒有零錢。

Désolé(e), je n'ai pas de monnaie.

[dezɔle ʒə nɛ pa də mɔnɛ]

▶ 在市場購物儘量不要用 50 歐元以上的大鈔。若不得
已，請加上這一句比較禮貌。

找的錢不對。

Il y a une erreur.

[i li ja ynerœr]

▶ 請一邊說一邊將找的錢拿給店員看。

我還沒拿到找的錢。

Je n'ai pas encore reçu ma monnaie.

[ʒə nɛ pazɑ̃kɔr rəsy ma mɔnɛ]

Vaissellerie, Ustensiles de cuisine

選購餐廚用品

賞心悅目又實用的廚具

在充滿美味佳餚的餐廳用餐時，桌上的擺設總是讓人感覺很舒服。繡花麻質桌布、餐巾、齊全的餐具、餐盤與酒杯，看起來有種整體的美感。

關於餐具的擺放位置，法式的擺法和英式相反，是湯匙與叉口朝下。這是因為法國人認為湯匙及叉子的背部是正面，而英國人認為內側是正面的關係。傳統上品牌或花紋都刻於正面，不過擺法並沒有特別的規定，欣賞古董銀器上秀出的美麗浮雕也是一種樂趣。

說到侍酒刀，就一定要提到有著美麗流線形的拉吉奧樂（Laguiole）侍酒刀，它可以說是 99%的侍酒師都認可與選用的愛用品，上面有印蟬的標誌，買來當伴手禮也很不錯。

至於餐巾（Serviette），傳統上都是以麻（Lin）製的居多，這是因為考慮到麻質的特性，將它鋪在膝蓋上時比較不會滑落的關係。

法國的餐具通常以陶器（Faïence）為主

　　法國銀器（Couvert）中最著名的品牌是 Christofle。若想購買銀器的話，建議到跳蚤市場的古董店選購，價格會比較便宜。

　　酒杯的話，水晶材質是最佳選擇。水晶酒杯的光澤度、適當的重量以及碰撞時美妙的聲音都是最棒的。水晶酒杯中的代表品牌是 Baccarat，巴黎 16 區的 Baccarat 專賣店除了賣水晶產品之外，也設有美術館（P188）。一般在擺設好的餐具中，小的酒杯是裝酒用的，大的酒杯是裝水用的。

　　法國中部利摩日（Limouges）的利姆贊（Limosin）所製的瓷器非常有名，其中又以 Bernardaud 與 Haviland 等品牌為代表。此外，吉安（Gien）以陶器（Faïence）聞名。法國的陶製品相當多，跳蚤市場也很常見到手工陶器。雖然陶器的缺點是容易產生瑕疵，但它卻有硬質瓷器所缺乏的溫馨感。

　　法國製的鍋具目前最受歡迎的是 Staub 與 Le Creuset，另外，可利鍋 Cristel 也是兼具機能美的不銹鋼鍋。百貨公司裡經常看到這類烹調器具陳列在架上，光是看就很令人心動。巴黎的雷恩街（Rue de Renne）有許多餐廚具雜貨店，也有 Art de la table（餐桌藝術）專賣店，或其他專業人士用具店，有興趣的人不妨來這裡逛逛，非常值得。

餐廚用品店

餐廚用品專賣店。充滿法式風格的設計，
光看就很令人心動。

180

購買餐廚用品　　　　▶詢問

需要幫忙嗎？
Je peux vous aider? / Je peux vous renseigner?
[ʒə pø vu zede / ʒə pø vu rɑ̃seɲe]

▶進入店裡時大多數店員都會這麼問。

我只是逛逛而已，謝謝。
Je regarde simplement. Merci.
[ʒə rəgard sɛ̃pləmɑ̃ mɛrsi]

我在找可以當成禮物的東西。
Je cherche quelque chose pour faire un cadeau.
[ʒə ʃɛrʃ kɛlkə ʃoz pur fɛr œ̃ kado]

有沒有尺寸比較小的（大的）？
Avez-vous la taille plus petite (grande) ?
[avevu la taj ply pətit (grɑ̃d)]

有其他顏色嗎？
Avez-vous d'autres couleurs ?
[avevu dɔtr kulœr]

我喜歡在展示櫥窗裡的那個。
J'aime bien celui qui est en vitrine.
[ʒɛm bjɛ̃ səlɥi ki ɛ tɑ̃ vitrin]

我在找～。

Je cherche un(une) ~.
[ʒə ʃɛrʃ œ̃ (yn)]

▶材質請參閱 P184。

沙拉碗 **saladier** [saladje]	茶杯 **tasse à thé** [tas a te]	茶壺 **pot à thé** [po a te]	咖啡杯 **tasse à café** [tas a kafe]

盤子 **assiette** [asjɛt]	小盤子 **petite-assiette** [pətitasjɛt]	馬克杯 **grande tasse** [grɑ̃d tas]
小碗 **petit bol** [pəti bɔl]	刀 **couteau** [kuto]	廚刀 **couteau de cuisine** [kuto də kɥizin]
叉子 **fourchette** [furʃɛt]	湯匙 **cuillère** [kɥijɛr]	甜點模型 **moule à pâtisserie** [mul a patisri]
瑪德蓮蛋糕模型 **moule à madeleine** [mul a madlɛn]	費南雪金磚蛋糕模型 **moule à financier** [mul a finɑ̃sje]	咕咕洛夫模型 **moule à kouglof** [mul a kuglɔf]
平底鍋 **rondeau** [rɔ̃do]	單柄鍋 **casserole** [kasrɔl]	圓形深鍋 **marmite** [marmit]
煎鍋，平底鍋 **poêle** [pwal]	開瓶器 **tire-bouchon** [tirbuʃɔ̃]	酒杯 **verre à vin** [vɛr a vɛ̃]
香檳杯 **flûte** [flyt]	威士忌杯 **verre à whisky** [vɛr a wiski]	玻璃杯 **verre** [vɛr]

餐廚用品店

183

029

購買餐廚用品 ▶ 詢問‧選購

這是鍍金（銀）的嗎？
Est-ce que c'est un plaqué or (argent)?
[ɛs kə sɛ tœ̃ plake ɔr (arʒɑ̃)]

這是水晶的嗎？
Est-ce que c'est du cristal ?
[ɛs kə sɛ dy kristal]

我要買這個。
Je prends ça.
[ʒə prɑ̃ sa]

請給我～個。
~, s'il vous plaît.
[sil vu plɛ]

1	2	3	4	5
un/une [œ̃ / yn]	deux [dø]	trois [trwa]	quatre [katr]	cinq [sɛ̃k]

6	7	8	9	10
six [sis]	sept [sɛt]	huit [ɥit]	neuf [nœf]	Dix [dis]

如何表達「材質」

　　選購餐具或廚具時，若能懂得表達材質，購物就能更順利。以下整理了各種材質的説法，請參考。

陶器⋯⋯⋯⋯ Faïence [fajɑ̃s]
瓷器⋯⋯⋯⋯ Porcelaine [pɔrsəlɛn]
水晶⋯⋯⋯⋯ Cristal [kristal]
玻璃⋯⋯⋯⋯ Verre [vɛr]
塑膠⋯⋯⋯⋯ Plastic [plastik]
木製⋯⋯⋯⋯ Bois [bwa]
銀製⋯⋯⋯⋯ Argent [arʒɑ̃]

金⋯⋯⋯⋯⋯ Or [ɔr]
鍍金⋯⋯⋯⋯ Dorure [dɔryr]
鍍銀⋯⋯⋯⋯ Argenture [arʒɑ̃tyr]
不銹鋼⋯⋯⋯ Inox [inɔks]
鋁⋯⋯⋯⋯⋯ Aluminium [alyminjɔm]
銅⋯⋯⋯⋯⋯ Cuivre [kɥivr]
琺瑯⋯⋯⋯⋯ Émail [emaj]

麻煩幫我分開包好嗎？

Pouvez-vous les emballer séparément ?

[puvevu le zɑ̃bale separemɑ̃]

可以幫我包裝嗎？

Pouvez-vous me faire un paquet cadeau ?

[puvevu mə fɛr œ̃ pakɛ kado]

這個可以寄送到～嗎？

Est-ce que vous pouvez envoyer ça à~?

[ɛskə vu puve ɑ̃vwaje sa a]

好的。	不好意思，沒辦法喔。
Entendu.	**Désolé(e). Je ne peux pas le faire.**
[ɑ̃tɑ̃dy]	[dezɔle ʒə nə pø pa lə fɛr]

寄送到～要多少錢呢？

Combien ça coûte pour envoyer à~?

[kɔ̃bjɛ̃ sa kut pur ɑ̃vwaje a]

▶若商品破損，有些信用卡公
司會賠償，請自行與信用卡
公司確認。

要～歐元。

Ça coute~euros.
[sa kut øro]

030

購買餐廚用品　　　　　　▶詢問・結帳

可以算便宜一點嗎？
Pouvez-vous faire une réduction ?
[puvevu fɛr yn redyksjɔ̃]

▶跳蚤市場裡可以殺價。

全部買的話多少錢？
Si je prends tout, combien ça fait au total ?
[si ʒə prɑ̃ tu kɔ̃bjɛ̃ sa fɛ o tɔtal]

這樣一共多少錢？
C'est tout. Combien ça coûte ?
[sɛ tu kɔ̃bjɛ̃ sa kut]

我要用～付款。
Je paye~.
[ʒə pɛj]

我還沒拿到找的錢。
Je n'ai pas encore reçu ma monnaie.
[ʒə nɛ pazɑ̃kɔr rəsy ma mɔnɛ]

現金
en espèces
[ɑ̃ nɛspɛs]

信用卡
par carte
[par kart]

找的錢不對。
Vous vous êtes trompez (en me rendant la monnaie).
[vu vu zɛt trɔ̃pe (ɑ̃ mə rɑ̃dɑ̃ la mɔnɛ)]

Column ④

食品的品質維護與文化

　　法國依照食品的地區性（原產地）、文化、傳統、消費者的安全與歐盟法規，設置了審查機關以維護食品的品質保證，給予通過基準的產品認證標誌。這認證標誌對於旅行者而言，是購物時很好的參考。

　　「AOC（原產地命名控制）」認證，對產地及製造方法設定基準，對於葡萄酒、乳酪或奶油等達到標準的產品，給予特定的名稱（原產地名稱）。例如，卡門貝爾乳酪的原產地是諾曼第地區，AOC 認可的商品才能命名為「Camembert de Normandie」。此外，與 AOC 同樣的制度的還有「AOP（歐洲原產地命名保護）」，這是用來標示受歐盟保護的原產地名稱。

　　「Label Rouge」是對於傳統飼養及生產產品給予優質食品的認證。近年來法國的 Bio（有機農產品、有機加工品）產品很受歡迎，通過有機農產品認證基準的產品會有「AB (Agriculture biologique)」的認證標誌（照片中瓶子左下方）。

Maison Baccarat Paris

[mɛzɔ̃ bakara pari]

[地址]　11 place des États-Unis 75116 Paris
Tel: 01 40 22 11 22
Iéna（地鐵 9 號線）/ Boissière（地鐵 6 號線）
10:00～18:00　※ 週日、週二與國定假日休
Crystal Room Paris
12:00～14:00、19:30～22:00　※週日、國定假日休

樓梯的天花板垂吊下來的
157 個水晶吊燈，是館內最
奢華的水晶燈吊飾。

結合傳統與創新的生活藝術

　　從巴黎凱旋門往南走是合眾國廣場（Place des États-Unis），其中一處就是巴卡拉水晶屋。這裡是可購買巴卡拉水晶的店面與博物館，並且附設有名為「Crystal Room」的餐廳。

　　此展館為 19 世紀所建的貴族宅邸，歷史相當悠久，此建築物為 1920 年代一位在社交界頗具影響力的 Marie-Laure de Noailles 所擁有，當時經常聚集如達利、考克多等藝術家，是當時巴黎具影響力的人士所聚集的場所。2 樓設有餐廳「Crystal Room」。

　　新館的裝潢是由菲利普・史塔克所設計，他尊重原本的設計風格，使展館重現 18 世紀巴卡拉的風華軌跡，讓巴卡拉水晶光彩絢麗的幻想世界得以延續下去。

　　餐桌上所使用的巴卡拉水晶是生活的藝術（art de vivre），博物館所展示的是豐富的收藏品當中，最受到皇室貴族或國際人士所讚賞與愛戴的精品。

　　「Crystal Room」餐廳過去是 Noailles 夫人家中的飯廳，現在則是米其林二星主廚 Guy Martin 的餐廳，餐廳提供各式豪華精緻的餐點。

（左）名為「Crystal Room」的附設餐廳。
（右）一樓的水晶專賣店。長 13.5 公尺的水晶桌上，擺滿了正統而閃亮的巴卡拉水晶商品。

位於合眾國廣場一角的巴卡拉水晶屋。廣場內還有雕刻紐約自由女神的法國名雕刻家巴陶第（Fédéric Auguste Bartholdi）所雕刻的喬治華盛頓與拉法葉將軍的雕像。

照片提供 / Claud Weber

031

基本會話

▶ 日常會話

您好／早安 **Bonjour.** [bɔ̃ʒur]	晚安。 **Bonsoir.** [bɔ̃swar]
祝您有美好的一天。 **Bonne journée.** [bɔn ʒurne]	祝您有美好的夜晚。 **Bonne soirée.** [bɔn sware]
嗨！ **Salut.** [saly]	再見。 **Au revoir.** [o rəvwar]

謝謝。 **Merci.** [mɛrsi]	非常感謝。 **Merci beaucoup.** [mɛrsi boku]
不客氣。 **De rien.** [də rjɛ̃]	不好意思（呼叫時）。 **Excusez-moi./S'il vous plaît.** [ɛkskyzemwa / sil vu plɛ]
抱歉。 **Excusez-moi.** [ɛkskyzemwa]	請再說一次。 **Pardon?** [pardɔ̃]

好的。 **Oui.** [wi]	不是。 **Non.** [nɔ̃]	我聽不懂。 **Je ne comprends pas.** [ʒə nə kɔ̃prɑ̃ pa]

▶時間・長度・重量

時間	分鐘	公分	公斤	公克
temps	**minute(s)**	**centimètre(s)**	**kilo(s)**	**gramme(s)**
[tɑ̃]	[minyt]	[sɑ̃timɛtr]	[kilo]	[gram]

0	1	2	3	4
zéro	**un/une**	**deux**	**trois**	**quatre**
[zero]	[œ̃ / yn]	[dø]	[trwa]	[katr]

5	6	7	8	9
cinq	**six**	**sept**	**huit**	**neuf**
[sɛ̃k]	[sis]	[sɛt]	[ɥit]	[nœf]

10	11	12	13	14
Dix	**onze**	**douze**	**treize**	**quatorze**
[dis]	[ɔ̃z]	[duz]	[trɛz]	[katɔrz]

15	16	17	18	19
quinze	**seize**	**dix-sept**	**dix-huit**	**dix-neuf**
[kɛ̃z]	[sɛz]	[disɛt]	[dizɥit]	[diznœf]

20	21	22	23	24
vingt	**vingt et un**	**vingt-deux**	**vingt-trois**	**vingt-quatre**
[vɛ̃]	[vɛ̃teœ̃]	[vɛ̃tdø]	[vɛ̃ttrwa]	[vɛ̃tkatr]

25	26	27	28	29
vingt-cinq	**vingt-six**	**vingt-sept**	**vingt-huit**	**vingt-neuf**
[vɛ̃tsɛ̃k]	[vɛ̃tsis]	[vɛ̃tsɛt]	[vɛ̃tɥit]	[vɛ̃tnœf]

30	40	50	60	70
trente	**quarante**	**cinquante**	**soixante**	**soixante-dix**
[trɑ̃t]	[karɑ̃t]	[sɛ̃kɑ̃t]	[swasɑ̃t]	[swasɑ̃tdis]

80	90	100	500	1000
quatre-vingt	**quatre-vingt-dix**	**cent**	**cinq-cents**	**mille**
[katrvɛ̃]	[katrvɛ̃dis]	[sɑ̃]	[sɛ̃sɑ̃]	[mil]

032

基本會話

▶時間 · 日期

早上	白天	晚上	夜晚
matin	journée	soir	nuit
[matɛ̃]	[ʒurne]	[swar]	[nɥi]

昨天	今天	明天	後天
hier	aujourd'hui	demain	après-demain
[jɛr]	[oʒurdɥi]	[dəmɛ̃]	[aprɛdmɛ̃]

年	月	週	日
année	mois	semaine	jour
[ane]	[mwa]	[səmɛn]	[ʒur]

上午	下午
matin	après-midi
[matɛ̃]	[apremidi]

1 點	2 點	3 點	4 點
une heure	deux heures	trois heures	quatre heures
[ynœr]	[døzœr]	[trwazœr]	[katrœr]

5 點	6 點	7 點	8 點
cinq heures	six heures	sept heures	huit heures
[sɛ̃kœr]	[sizœr]	[sɛtœr]	[ɥitœr]

9 點	10 點	11 點	12 點
neuf heures	dix heures	onze heures	douze heures
[nœfœr]	[dizœr]	[ɔ̃zœr]	[duzœr]

1 月	2 月	3 月	4 月
janvier	**février**	**mars**	**avril**
[ʒɑ̃vje]	[fevrije]	[mars]	[avril]

5 月	6 月	7 月	8 月
mai	**juin**	**juillet**	**août**
[mɛ]	[ʒɥɛ̃]	[ʒɥijɛ]	[ut]

9 月	10 月	11 月	12 月
septembre	**octobre**	**novembre**	**décembre**
[sɛptɑ̃br]	[ɔktɔbr]	[nɔvɑ̃br]	[desɑ̃br]

1 日	2 日	3 日	4 日	5 日	6 日
le premier	**le deux**	**le trois**	**le quatre**	**le cinq**	**le six**
[lə prəmje]	[lə dø]	[lə trwa]	[lə katr]	[lə sɛ̆k]	[lə sis]

7 日	8 日	9 日	10 日	11 日
le sept	**le huit**	**le neuf**	**le dix**	**le onze**
[lə sɛt]	[lə ɥit]	[lə nœf]	[lə dis]	[lə ɔ̃z]

12 日	13 日	14 日	15 日	16 日
le douze	**le treize**	**le quatorze**	**le quinze**	**le seize**
[lə duz]	[lə trɛz]	[lə katɔrz]	[lə kɛ̃z]	[lə sɛz]

17 日	18 日	19 日	20 日	21 日
le dix-sept	**le dix-huit**	**le dix-neuf**	**le vingt**	**le vingt et un**
[lə disɛt]	[lə dizɥit]	[lə diznœf]	[lə vɛ̃]	[lə vɛ̃teœ̆]

22 日	23 日	24 日	25 日	26 日
le vingt-deux	**le vingt-trois**	**le vingt-quatre**	**le vingt-cinq**	**le vingt-six**
[lə vɛ̃tdø]	[lə vɛ̃ttrwa]	[lə vɛ̃tkatr]	[lə vɛ̃tsɛ̆k]	[lə vɛ̃tsis]

27 日	28 日	29 日	30 日	31 日
le vingt-sept	**le vingt-huit**	**le vingt-neuf**	**le trente**	**le trente et un**
[lə vɛ̃tsɛt]	[lə vɛ̃tɥit]	[lə vɛ̃tnœf]	[lə trɑ̃t]	[lə trɑ̃te œ̆]

033

基本會話

▶ 詢問場所

~ 在哪裡？

Où est le(la) ~?
[u ɛ lə (la)]

ATM（自動提款機）	警察局
distributeur (de billets)	commissariat de police
[distribytœr (də bijɛ)]	[kɔmisarja də pɔlis]

銀行	郵局	醫院
banque	poste	hôpital
[bɑ̃k]	[pɔst]	[opital]

公園	計程車招呼站	公車站
parc /jardin	station de taxi	arrêt de bus
[park / ʒardɛ̃]	[stasjɔ̃ də taksi]	[arɛ də bys]

車站	售票處	公車終點站
gare	guichet	terminus des bus
[gar]	[giʃɛ]	[tɛrminys də bys]

剪票機	剪票閘門（地鐵）	~ 號線（地鐵）
composteur	portillon d'accès	ligne
[kɔ̃pɔstœr]	[pɔrtijɔ̃ daksɛ]	[liɲ]

預約席	入口	出口
place reservée	entrée	sortie
[plas rezɛrve]	[ɑ̃tre]	[sɔrti]

請問洗手間在哪裡？

Où sont les toilettes ?
[u sɔ̃ le twalɛt]

我想去～。

Je voudrais aller au(à la) ~.
[ʒə vudrɛ ale o (a la)]

方便的	最近的
pratique	le(la) plus proche
[pratik]	[lə (la) ply prɔʃ]

有名的	時尚的
célèbre	coquet
[selɛbr]	[kɔkɛ]

餐廳	小酒館，小餐館	啤酒屋	咖啡館
restaurant	bistro	brasserie	café
[rɛstɔrɑ̃]	[bistro]	[brasri]	[kafe]

茶館	速食店	糕點專賣店	麵包店
salon de thé	restauration rapide	pâtisserie	boulangerie
[salɔ̃ də te]	[rɛstɔrasjɔ̃ rapid]	[patisri]	[bulɑ̃ʒri]

乳酪專賣店	加工肉品店	葡萄酒專賣店	熟食店
fromagerie	charcuterie	boutique de vin	traiteur
[frɔmaʒri]	[ʃarkytri]	[butik də vɛ̃]	[trɛtœr]

市集，市場	超市	調味料・辛香料店	餐具專賣店
marché	supermarché	épicerie	vaissellerie
[marʃe]	[sypermarʃe]	[episri]	[vɛsɛlri]

▶金錢

可以兌換外幣嗎？
Est-ce que je peux changer?
[ɛs kə ʒə pø ʃɑ̃ʒe]

多少錢？
C'est combien ?
[sɛ kɔ̃bjɛ̃]

我要用～支付。
Je paye ~.
[ʒə pɛj]

旅行支票
en chèque de voyage
[ɑ̃ ʃɛk də vwajaʒ]

現金
en espèces
[ɑ̃ nɛspɛs]

信用卡
par carte de crédit
[par kart də kredi]

可以用這張信用卡支付嗎？
Est-ce que je peux payer avec cette carte de crédit ?
[ɛs kə ʒə pø peje avɛk sɛt kart də kredi]

結帳有錯誤。
Je crois qu'il y a une erreur.
[ʒə krwa ki li ja yn ɛrœr]

找的錢不對。
Vous vous êtes trompez (en me rendant la monnaie).
[vu vu zɛt trɔ̃pe (ɑ̃ mə rɑ̃dɑ̃ la mɔnɛ)]

▶其他狀況

我～很痛。

J'ai mal au (à la) ~.
[ʒɛ mal o (a la)]

胃	喉嚨
estomac [ɛstɔma]	gorge [gɔrʒ]

腳	頭	牙齒
pied [pje]	tête [tɛt]	dent [dɑ̃]

請帶我去醫院。

Emmenez-moi à l'hôpital, s'il vous plaît.
[ɑ̃mnemwa a lopital sil vu plɛ]

請幫我叫會說中文的人。

Envoyez-moi quelqu'un qui parle chinois, s'il vous plaît.
[ɑ̃vwajemwa kɛlkœ̃ ki parl ʃinwa sil vu plɛ]

我的錢包被偷了。

On m'a volé mon portefeuille.
[ɔ̃ ma vole mɔ̃ pɔrtəfœj]

我的護照遺失了。

J'ai perdu mon passeport.
[ʒɛ pɛrdy mɔ̃ paspɔr]

Column ⑤

＼ 推薦！／ 法國伴手禮介紹

這裡要介紹幾款受歡迎的法國伴手禮。買伴手禮通常是一件相當花錢的事，這裡介紹的都是可以在超市買到，價格合理的產品，光是看這些產品就足以讓人眼花撩亂。

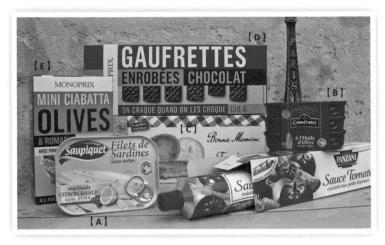

【A】 Filets de Sardines（無骨沙丁魚片罐頭／Saupiquet）用檸檬與羅勒醃漬（無油）。因為是罐頭，保存性佳又方便攜帶，法式包裝也很令人喜愛。

【B】 SARDINES À L'ANCIENNE （古早味沙丁魚罐頭／CONNÉTABLE）以初榨橄欖油漬沙丁魚。一組 3 小罐。

【C】 Bonne Maman Tartelettes citron（好媽媽檸檬塔／Bonne Maman）Bonne Maman 以有著可愛的格紋瓶蓋的果醬著稱，是大眾喜愛的法國老字號果醬品牌。此款檸檬塔有檸檬果醬的香氣與較強烈的酸味。

【D】 GAUFRETTES ENROBÉES CHOCOLAT （巧克力威化餅乾／MONOPRIX 自有品牌）裹上巧克力的威化餅乾。包裝看起來比實際細長，頗具時尚感。外盒有寫數量，方便與朋友分享。

【E】 MINI CIABATTA OLIVES&ROMARIN （迷你拖鞋麵包／MONOPRIX 自有品牌）CIABATTA 是一種做為三明治的麵包 ，是義大利語「拖鞋」的意思。此商品是一種做成像小拖鞋麵包的點心，有著較強烈的鹽味，和葡萄酒等酒類很搭。

※ Sauce Tomate 請參閱次頁。

【F】 PASTA PARIS（義大利麵／FONBELLE）有艾菲爾鐵塔、凱旋門、聖母院 3 種造型，以及紅、綠、米黃 3 種顏色的義大利麵混合包。

【G】 GALETTES DE FRANCE PUR BEURRE（烘餅／goulibeur）用純奶油製作的心形酥餅點心 8 片入。裝點心的正方形包裝盒有艾菲爾鐵塔或其他觀光勝地的圖案，空盒子也可以利用喔！

【H】 Paris 餐巾紙。以代表巴黎的紀念碑或文字設計成的餐巾紙，頗具法國風情。拿來當做餐桌上的配角也是不錯的選擇。

【I】 MOUTARDE DE DIJON au vinaigre（芥末醬／REINE DIJON）有著強烈風味的第戎芥末醬（moutarde de Dijon），是法國的傳統芥末醬。通常都是瓶裝居多，管狀的比較少見。黃與藍的配色很有品味，能替餐桌增添色彩。

【J】 Sauce Tomate（番茄醬／PANZANI）清爽口味的披薩醬料，可以塗在麵包上，也可以當做義大利麵醬料，管狀包裝很特別，忙碌時就能派上用場。

【K】 SAL de IBIZA FLORES（海鹽）法國的鹽，以布列塔尼的 Guérande 以及普羅旺斯 Camargue 的天然海鹽最有名。此產品是在西班牙的伊維薩島（Ibiza）的鹽田製作，內含纖細花瓣，包裝非常可愛，很適合當伴手禮。

【L】 Julie andrieu infuse vanille fraise（花草茶／Julie andrieu）百分之百有機紅莓香草茶，無添加任何成分與農藥的有機茶。有著紅莓香草的香氣，聞了有幸福的感覺。

【M】 Michel et Augustin Petits sablés（沙布列餅乾／Michel et Augustin）「蜜雪兒與奧古斯丹的小沙布列餅乾」。蜜雪兒與奧古斯汀是巴黎製作沙布列餅乾的高手二人組。他們說「我們只使用新鮮、純天然以及高品質的原料，不使用防腐劑、色素等添加物」。現在也有出優酪乳、小餅乾等商品。此品牌的商品愈來愈受歡迎了。

【K】 【M】 【L】

主要購買地點：▶

〈MONOPRIX〉
巴黎微具時尚感的優質超市。雜貨、服飾、化妝品、文具、食品、餐具、各式名牌糕點、環保袋等生活商品一應俱全。商品價格都很實惠，架上陳列了許多點心零食，對選購伴手禮的人很方便，如果想選購日用品做為伴手禮也很適合喔！

〈Carrefour／家樂福〉
這裡就像是郊區大賣場的迷你版。一般郊區的大賣場除了食品、服飾等日用品之外，還販售腳踏車、園藝用品或木工用品等商品，通常到了週末就會有很多人開車到賣場大量購買。巴黎市區裡像這類大賣場的迷你版就是「Carrefour market」或「Carrefour city」，前者規模較大，貨品也較齊全。有些店鋪是自助式服務，「Carrefour discount」是自有品牌推出的每日特惠商品活動，「Carrefour city」則比較像台灣的便利商店。

法語美食辭典

萬一菜單上出現不懂的法語，請在美食辭典裡查詢。只要看懂了每個單字的意思，就不難想像餐點的樣子了。

[A]

Agneau [aɲo]
小羊。

Aiguillette [egɥijɛt]
（家禽）薄肉片，牛的前臀肉。

Ail [aj]
大蒜

Aligot [aligo]
乳酪馬鈴薯泥。馬鈴薯泥加上鮮奶油製成濃稠狀
的乳酪料理。通常以配菜形式供應。

Andouille [ãduj]
內臟腸（細）。法國傳統內臟料理。豬的胃腸用
水煮過後切細，再與豬絞肉混合灌入小腸內製成
內臟腸。灌入較粗的大腸叫做 Andouillette。香
檳地區的德洛瓦城所生產的為一級品。法國有簡
稱為 AAAAA 的內臟腸協會，獲
此協會認可的內臟腸會在產品
上標示 A.A.A.A.A.或 5A，在餐
廳或加工肉品店選購時可做為
參考。

Andouillette [ãdujɛt]
內臟腸（粗）。將豬的胃腸與喉部肉灌入豬大腸
內，水煮後製成內臟腸。通常煎過後食用。灌進
小腸內的細內臟腸叫做 Andouille。

Aneth [anɛt]
蒔蘿。是一種外形類似茴香的
草本植物，它的葉子與種子可
以當做香草或香料。除了可與
酸黃瓜等醋漬料理搭配之外，
和魚肉料理也很搭。

Angélique [ãʒelik]
當歸屬，一種似款冬的植物。使用的是有強烈芳
香的莖部，大多用來做糖漬點心，是製作糕點的
原料。

Anglaise [ãglɛz]
英國風味。英式蛋奶醬（Crème anglaise）是卡
士達奶油醬的一種。

Anguille [ãgij]
鰻魚。富含豐富脂肪的白肉魚。法國人有各種不
同的烹調方式，其中最著名的就是用紅酒燉煮的
紅酒燉煮鰻魚（Matelote）。

Anis étoilé [anisetwale]
八角。具有與茴香相似的強烈芳香與苦味。

Anis vert [anis vɛr]
大茴香。具有甜甜的香氣，葉子與種子的部分可
以拿來製作點心。

Apéritif [aperitif]
餐前開胃酒。Apéritif maison 是「特調餐前酒」。

À point [apwɛ̃]
烹調到約五分熟的程度。

Arachide [araʃid]
花生。熱量高，通常拿來做花生醬或甜點。在法
國，花生油經常拿來炸東西或製作沙拉醬。

Armagnac [armaɲak]
阿瑪涅克。指阿瑪涅克地區所產的白蘭地酒。

Aromatiser [arɔmatize]
烹調用語，指加入香料或增加香氣。

Arroser [aroze]
將醬料、油脂或煮汁邊煮邊淋上去的烹調動作。
可以防止表面太過乾燥。

Artichaut [artiʃo]
朝鮮薊。南歐刺菜薊（Cardoon）
的改良品種。有著薯類般的鬆軟
口感。可水煮或蒸熟，將葉子剝
開後食用。有些品種可以做成生
菜沙拉食用。

Asperge [aspɛrʒ]
蘆筍。食用其嫩莖的部分。根據栽培當時的日照
狀況而產生不同的顏色，以遮光方式培育的為白
蘆筍。蘆筍在法國是春天蔬菜的代名詞。可放入
沙拉、焗烤或製成泥等。

Assaisonner [asɛzɔne]
用鹽與胡椒調味。

Assortiment [asɔrtimã]
拼盤。

Assiette [asjɛt]
盤子。

Au four [o fur]
用烤箱烤。

Aubergine [obɛrʒin]
茄子。南法燉菜常用的夏季蔬菜，也可放入蛋捲或焗烤料理。法國茄子比日本茄子尺寸大好幾倍，內部有點類似海棉狀。

Avocat [avɔka]
酪梨。內部富含脂肪，有著黏稠的口感，又被稱為「森林的奶油」。可以製成泥或是搭配蝦子，也是沙拉或三明治的材料，用途相當廣。

Avoine [avwan]
燕麥。是製作酒類的原料，也是點心的材料。Flocons d'avoine 是燕麥片（英文叫 Oatmeal），可以和牛奶煮成燕麥粥食用。

[B]

Baekenofe [bɛknɔf]
將肉類與馬鈴薯等蔬菜放入陶鍋內燉煮，是亞爾薩斯地區的傳統菜。也稱作 Backenoff。

Baguette [bagɛt]
法式長棍麵包。長棍麵包有許多不同種類，比 Baguette 細的叫 Ficelle（細繩麵包）， 比 Baguette 粗的叫 Parisien（巴黎式麵包），另外比較肥短的叫 Bâtard（ 巴塔麵包）。此外，根據「法國傳統麵包」的法律規定，用「傳統麵粉」這種無添加的小麥麵粉製作的叫 Baguette tradition，古早味的叫 Baguette à l'ancienne，而用天然酵母製作的叫 Baguette au levain naturel。照片中的是 Baguette。

Baie de genièvre [bɛ də ʒənjɛvr]
歐刺柏（杜松子）。與松子有類似的強烈香氣，用來去除肉類的腥臭味。

Ballotin [balɔtɛ̃]
裝巧克力糖的紙盒。

Balsamique [balzamik]
巴薩米克義大利香醋。

Banane [banan]
香蕉。

Banon [banɔ̃]
班儂乳酪。一種包在栗子葉內的普羅旺斯小型山羊乳酪。AOC 認證的產品是山羊奶所製作，非 AOC 認證的班儂乳酪則是用牛奶或羊奶製作。

Bar [bar]
鱸魚。可燒烤、裹粉後以奶油嫩煎、也適合做為冷製菜餚，口感清淡美味。

Barbue [barby]
菱鮃。類似比目魚，但與比目魚不同。在尼斯被稱為 Roumbou，在塞特港被稱為 Turbot。

Basilic [bazilik]
羅勒。可以與番茄、蒜頭搭配，常被用於義大利料理，南法料理也很喜歡用羅勒。

Basquaise [baskɛz]
巴斯克風味。使用巴斯克地區栽種的番茄、青椒、大蒜、以及火腿等特產所燉煮的料理。

Basse côte [bas kɔt]
牛肩肉。

Bâtard [batar]
巴塔麵包（長棍麵包）。形狀比 Baguette 粗短。

Bâtonnet [batɔnɛ]
指切成棒狀的食材。

Bavarois [bavarwa]
芭芭羅瓦（巴伐利亞奶油）。冰淇淋的材料加入吉利丁後凝固而成的法式甜點。

Bavette [bavɛt]
牛腰腹肉。在沙朗與里脊肉下方的部位。

Béarnaise [bearnɛz]
法式伯那西醬。用蛋黃、奶油、白酒所製成的醬料。可加入龍蒿（Estragon）增加風味。

Beaufort [bofɔr]
博福特乳酪。用薩瓦地區的牛乳製成的硬質乳酪。

Bécasse [bekas]
鷸。其中尤以山鷸（Bécasse des bois）最為美味。

Beignet [bɛɲɛ]
將食材裹上麵衣去炸。用同樣油炸方式製作的料理或點心也叫做 Beignet。

Beignet soufflé [bɛɲɛ sufle]
泡芙麵糰裹上香料後油炸的甜點，又叫法式甜甜圈。Beignet 是油炸物的意思。

Bercy [bɛrsi]
貝西醬。這是用紅蔥頭、白酒與魚高湯製作的醬汁。或指貝西風味的料理。可使用在前述料理或是以紅酒蒸煮的料理上。

Betterave [bɛtrav]
紅菜。5 公分左右的紅紫色球形菜根。味道甜甜的，大多是煮熟後食用。

Beurre [bœr]
奶油。法國通常以無鹽的發酵奶油為主。發酵奶油叫 Beurre fermenté，無鹽奶油叫 Beurre doux，加鹽的奶油叫做 Beurre demi-sel。

Beurre blanc [bœr blɑ̃]
紅蔥頭與白酒醋燉煮後加入奶油製成的奶油白醬。

Bien cuit [bjɛ̃ kɥi]
全熟。

Bière [bjɛr]
啤酒。Bière en bouteille 指的是瓶裝啤酒，Bière pression 指的是生啤酒。

Biscuit de Savoie [biskɥi də savwa]
薩瓦蛋糕。不使用奶油、口感輕盈的海綿蛋糕。

Bisque [bisk]
帶殼海鮮與鮮奶油製成的法式濃湯。

Blanc-manger [blɑ̃mɑ̃ʒe]
在杏仁味奶裡加入吉利丁，待其冷卻凝固後製作成的奶凍。也可以改用牛奶。

Blanquette [blɑ̃kɛt]
將小牛肉用奶油等材料燉煮成的料理。特徵為白色醬汁，也可以改用兔肉或小羊肉。

Blé [ble]
小麥。

Blette [blɛt]
唐萵苣。栽種甜菜時不使根部長大，食用葉與莖的部位。使用白色粗莖的部分做成的 Tourteau（派的一種）是尼斯地區的特產。葉子的部分可用一般菠菜的料理方式。

Bleu d'Auvergne [blø dovɛrɲ]
用奧弗涅產的牛奶為原料製成的藍黴乳酪。

Bleu [blø]
一分熟左右（幾乎是生的）。

Bleu de Laqueuille [blø də lakøj]
拉克葉藍黴乳酪。奧弗涅地區產的藍黴乳酪。雖然有藍黴乳酪獨特的氣味，算是較溫和易入口的藍黴乳酪。

Boissons [bwasɔ̃]
飲料。

Bœuf [bœf]
牛肉。在法國的食用牛裡，飼養最多的就是脂肪少瘦肉多的白色大肉牛（Charolais）。法國沒有食用霜降肉的習慣，瘦肉比較受歡迎。此外，牛肉也有各種品種，例如曼安茹牛（Maine Anjou），其產地管理相當嚴格，適用於 AOC 認證。

Bonbon au chocolat [bɔ̃bɔ̃ o ʃɔkɔla]
巧克力糖。指的是一口大小的巧克力。裡面大多包了胡桃糖、甘那許巧克力醬或焦糖等內餡。

Bonbon [bɔ̃bɔ̃]
糖果。用砂糖或蜂蜜等製作成一口大小的糖果的總稱。

Bonite [bɔnit]
金槍魚。

Bonne maman [bɔn mamɑ̃]
好媽媽風味。家常菜。媽媽的味道。

Bordelais [bɔrdəlɛ]
在西班牙調味醬（Espagnole sauce）裡加入紅酒
與香菜製成的醬汁。

Bouchée au chocolat [buʃe o ʃɔkɔla]
尺寸較大、具有飽足感的巧克力。可當做點心吃。

Boudin blanc [budɛ̃ blɑ̃]
法式白血腸。用豬肉或雞肉與油脂混合製成的白
色香腸。

Boudin noir [budɛ̃ nwar]
法式黑血腸。用豬血與油脂、洋
蔥製成的血腸。

Bouilli [buji]
煮熟的。

Boule [bul]
球狀的法式圓麵包。麵包芯多，
適合做三明治或 Tartine（麵包
上塗奶油或果醬）。

Bouquet garni [bukɛ garni]
紮成一束置於燉煮料理內，用來去腥味的香草。

Bourgeoise [burʒwaz]
布爾喬亞風味。蒸煮羊肉或牛肉的法式家常菜。

Bourguignon [burgiɲɔ̃]
勃艮第風味。除了勃艮第紅酒燉肉之外，用奶油
及香草煎的蝸牛料理也會用此名。

Boursault [burso]
法蘭西島地區製作的白黴乳酪。口味溫和。

Braiser [brɛze]
表面烤出顏色後用少量水分蒸煮的烹調方式。

Bricquebec [brikbɛk]
使用諾曼第地區的牛奶製成的白黴乳酪。
Bricquebec 有「磚瓦」的意思，這款乳酪也呈磚
瓦的四角形。

Brie [bri]
法國布里地區的乳酪，是相當具有歷史的白黴乳
酪。與卡門貝爾乳酪並列為白黴乳酪的代表產
品。

Brie de Meaux [bri də mo]
法蘭西島地區一個叫做莫城（Meaux）的小鎮所
產的布里乳酪。

Brie de Melun [bri də məlœ̃]
法蘭西島地區一個叫做默倫（Melun）的小鎮所
產的布里乳酪。比莫城乳酪尺寸小，口味比較鹹
且濃郁。

Brioche [brijɔʃ]
布里歐修麵包。使用奶油及蛋製作的
甜麵包（Viennoiserie）。麵包上冒出
一顆頭的叫做 Brioche à têt。

Brochet [brɔʃɛ]
狗魚。一種白肉魚。

Brochette [brɔʃɛt]
將切成小塊的肉與蔬菜串在一起燒烤的串燒料
理。

Brocoli [brɔkɔli]
綠花椰。

Bûche de Noël [byʃ də nɔɛl]
圓木造型的聖誕節蛋糕。字面上的意思是「聖誕
節的木柴」。

Bugne [byɲ]
一種炸麵糰小點心。在里昂地區叫做 Bugne de
Lyon，通常在嘉年華會時食用。

Bulot [bylo]
蛾螺。也可叫做 Buccin。

[C]

Cabillaud [kabijo]
鱈魚。也以可指冷凍鱈魚。也叫做 Morue
fraîche。

Café [kafe]
濃縮咖啡。加了牛奶的濃縮咖啡叫 Café noisette，普通咖啡（淡咖啡）是 Café allongé，歐蕾（牛奶）咖啡是 Café crème，維也納咖啡是 Café viennois。

Caille [kaj]
鵪鶉。

Calisson [kalisɔ̃]
卡利頌杏仁餅。麵糰內加入糖漬水果與杏仁，製成船的造型後烘烤的甜點，是普羅旺斯特色點心。

Calmar [kalmar]
魷魚。

Calvados [kalvadɔs]
卡巴度斯蘋果酒。諾曼第地區特產的名酒。

Camembert [kamɑ̃bɛr]
卡門貝爾乳酪。法國白黴乳酪的代表產品。依傳統製法所製作的 AOC 認證產品叫做 Camembert de Normandie。

Canapé [kanape]
法式開胃小點心，常以一小片餅乾或麵包當底，上面擺放食材。

Canard [kanar]
鴨。

Canard croisé [kanar krwaze]
混種鴨。

Caneton [kantɔ̃]
小鴨。

Cannelé de Bordeaux [kanle də bɔrdo]
可麗露（可露麗）。發源於波爾多修道院，在模型內側塗上蜜蠟、注入麵糰後烘烤而成的小點心。

Cannelle [kanɛl]
肉桂。

Cantal [kɑ̃tal]
奧弗涅地區的康塔爾所產的半硬質乳酪。以牛奶為原料。

Caramélisé [karamelize]
加熱砂糖使其呈焦糖狀。

Carangue [karɑ̃g]
鰺魚。鰺類的魚。

Cardamome [kardamɔm]
豆蔻。與豬肉料理搭配性佳。

Cardinal [kardinal]
樞機主教風味。看到顏色讓人想到樞機主教的紅色法衣，適用於紅色的料理。紅色果實如草莓或龍蝦料理常以此命名。

Cardon [kardɔ̃]
刺菜薊。風味似朝鮮薊的蔬菜，食用其莖部，用於蒸煮或焗烤料理。

Carotte [karɔt]
胡蘿蔔。在法國有黃色、白色或紫色的胡蘿蔔。

Carotte râpée [karɔt rape]
胡蘿蔔切細絲與醬汁拌成胡蘿蔔沙拉，是法國的家常沙拉。

Carpaccio [karpatʃjo]
生牛肉或魚切成薄片，淋上醬汁或拌入香菜，是一道起源於義大利的料理。

Carpe [karp]
鱒魚。可用奶油煎、燒烤或裹上麵粉用大量奶油煎炸至金黃色。

Carré découvert [kare dekuvɛr]
小羊肩肉。

Carré [kare]
背肉。肩肉與背肉合起來的名稱。

Carrelet [karlɛ]
菱鮃魚，鰈魚。

Carvi [karvi]
葛縷子。一種香草。

Carte [kart]
菜單。

Cassis [kasis]
黑醋栗（黑加崙）。

Cassoulet [kasulɛ]
白扁豆與肉類燉煮成的料理。朗格多克地區的特色料理。

Castillane [kastijan]
西班牙卡斯提爾利亞地區傳統風味。使用番茄或橄欖油做成的牛肉料理常以此命名。

Caviar [kavjar]
魚子醬。用鱘魚類的卵醃漬而成。

Céleri [sɛlri]
芹菜。

Céleri-rave [sɛlrirav]
塊根芹。是芹菜的變種，食用其肥大的根部。味道和芹菜很類似，可做成沙拉生吃，也可以加在 Pot-au-feu 裡吃。是法國北部與東部的特產。

Célestine [selɛstin]
塞勒斯丁風味。常命名於雞肉料理或蛋捲。

Cèpe [sɛp]
牛肝菌。與義大利的 Porcino 相同。具有粗莖與濃烈的味道。可做成乾貨或油漬品，在法國非常受歡迎，是菇類之王。照片中是乾貨泡水之後的樣子。

Cerf [sɛr]
鹿的總稱。也可說 Chevreuil（野鹿）。

Cerfeuil [sɛrfœj]
香葉芹。與巴西里（荷蘭芹）使用方法相同。除了放入沙拉外，還可以當做蛋糕上的裝飾。

Cerise [səriz]
櫻桃。不同品種有不同的形狀與顏色。除了生食之外，還可以加工做果醬或糖漬水果。製作蛋糕通常用的品種是 Griotte（一種酸味櫻桃）。

Cervela Lyonnais [sɛrvəla ljɔnɛ]
里昂香腸。也有加了核桃或開心果的香腸，種類繁多。

Cervelle [sɛrvɛl]
腦髓。在法國，小牛、小羊的腦髓比較受歡迎，有時也會在料理內使用成牛、成羊或豬的腦髓。

Chambord [ʃɑ̃bɔr]
香波堡風味。華麗而宏偉的城堡名稱。使用大型淡水魚的傳統料理會使用此名。

Champagne [ʃɑ̃paɲ]
香檳酒。法國香檳地區所生產的汽泡香檳酒。Champagne rose 是玫瑰香檳酒。

Champignon [ʃɑ̃piɲɔ̃]
香菇的總稱。也指巴黎蘑菇（Champignon de Paris）。

Chanterelle [ʃɑ̃trɛl]
雞油菌菇。顏色和香氣與杏桃很類似，傘葉呈外翻狀，照片上是乾貨泡過水後的樣子。

Chaource [ʃaurs]
在香檳地區奧布省（Aube）以及隔壁勃艮第地區的約納省（Yonne）製造的白黴乳酪。以牛奶做為原料。

Chapon [ʃapɔ̃]
閹雞。

Charcuterie [ʃarkytri]
肉醬或香腸等豬肉加工品。

Charlotte [ʃarlɔt]
夏洛特蛋糕。將海綿蛋糕放進模型內，淋上芭芭羅瓦（Bavarois）使其凝固，上面再加水果裝飾。

Charters [ʃartɛr]
沙爾特風味。以巴黎郊區城鎮的沙爾特為名的菜餚。常會使用此地特產龍蒿（Estragon）。

Chasseur [ʃasœr]
在牛肉燴醬裡加入蘑菇等蔬菜與白酒燉煮而成的醬汁。

Château [ʃato]
切成橢圓形的馬鈴薯，或厚度切成 3 公分左右的牛里脊肉。

Chateaubriand [ʃatobrijɑ̃]
里脊肉的中心部分，是柔軟的上等肉。

Chaud [ʃo]
熱的。

Chausson [ʃosɔ̃]
香頌蘋果派。包入糖漬蘋果後烘烤的派皮點心。也有包鵝肝或蝦子之類的鹹味派。

Chavignol [ʃaviɲɔl]
羅亞爾河地區的山羊乳酪。

Chemise [ʃəmiz]
用布包起來或是連皮一起烹調的方式。

Chèvre [ʃɛvr]
山羊乳酪。

Chiboust [ʃibust]
席布斯特。在派皮麵糰裡夾入蘋果與席布斯特奶油（一種卡士達奶油醬），使表面焦糖化的法式布丁蛋糕。

Chicorée [ʃikɔre]
菊苣。

Chipolata [ʃipɔlata]
豬肉小香腸。將粗絞肉灌入羊小腸的一種生香腸。煮熟後食用。

Chocolat chaud [ʃɔkɔla ʃo]
熱巧克力（可可亞）。

Chorizo [ʃɔrizo]
西班牙辣味小香腸。豬肉加紅椒粉或辣椒粉混合製成的香腸，發源於西班牙。

Chou à la crème [ʃu a la krɛm]
泡芙。

Chou de Bruxelles [ʃu də bryksɛl]
小捲心菜。秋天到冬天之際收成。可當配菜或用於焗烤、奶油燉煮類料理。

Chou-fleur [ʃuflœr]
花椰菜。

Chou（**chou pommé**）[ʃu (ʃu pɔme)]
高麗菜。用於燉煮料理或湯品。鹽漬高麗菜或使用此種高麗菜的料理叫 Choucroute。

Choucroute [ʃukrut]
將高麗菜切絲後用鹽醃漬使其發酵。德式酸菜（Sauerkraut）。

Chouquette [ʃukɛt]
脆糖迷你泡芙。將泡芙麵糰裹砂糖後烘烤的點心。

Ciboulette [sibulɛt]
細香蔥。形狀與珠蔥相似，香味則與洋蔥類似。

Cidre [sidr]
蘋果酒。用蘋果汁發酵製成的酒。酒精濃度大約3～5%。

Citron [sitrɔ̃]
檸檬。

Citronnelle [sitrɔnɛl]
檸檬草。一種香氣與檸檬近似的香草。

Civet [sivɛ]
將狩獵肉（野味）與洋蔥用紅酒與血水燉煮而成的料理。

Clafoutis [klafuti]
克拉芙緹塔（法式櫻桃布丁蛋糕）。塔皮內放入櫻桃，注入布丁狀的液體後烘烤。源自於利穆贊地區。

Clamart [klamar]
克拉馬風味。常命名於豌豆料理。

Colombier [kɔlɔ̃bje]
普羅旺斯地區於聖靈降臨之日會吃的點心。在模型內貼上杏仁片後淋入杏仁糖膏與蛋製成的麵糊。

Cocotte [kɔkɔt]
在 Cocotte 鑄鐵鍋內加入食材燉煮的料理。鑄鐵鍋或雙耳厚鍋。有時也可以指切成 4～5 公分的馬鈴薯。

Cœur [kœr]
心臟。可使用小牛、小羊、豬、雞、成羊的心臟做成料理。

Cognac [kɔɲak]
干邑白蘭地。來自法國干邑區的白蘭地酒。

Colbert [kɔlbɛr]
科爾貝爾風味。食材裹上麵包粉後油炸，佐以加入巴西里的奶油一起食用的料理。

Collier [kɔlje]
頸部肉。

Compote [kɔ̃pɔt]
糖漬水果。

Comté [kɔ̃te]
康堤乳酪。阿爾卑斯山附近的侏羅山脈（Jura）一帶製作的硬質熟成乳酪。

Concasser [kɔ̃kase]
切粗碎。

Concombre [kɔ̃kɔ̃br]
小黃瓜。小型的可做為酸黃瓜或沙拉用，大型的可用於煎炒、奶油燉煮或填塞料理。法國的小黃瓜較粗較長。

Confit [kɔ̃fi]
油封料理。用油低溫燉煮後，直接浸泡在油內的料理。也可以指糖漬水果或果醬。

Confiture [kɔ̃fityr]
果醬。

Congre [kɔ̃gr]
海鰻。常用燉煮方式烹調。

Consommé [kɔ̃sɔme]
法式清湯。

Conversation [kɔ̃vɛrsasjɔ̃]
在派皮麵糰裡放入杏仁卡士達奶油醬後烘烤的甜點。

Coq [kɔk]
公雞。

Coquelet [kɔklɛ]
大型的雛雞。

Coquillage [kɔkijaʒ]
貝類。

Coquille Saint-Jacque [kɔkij sɛ̃ʒak]
扇貝。可省略成 Saint-Jacque。

Corail [kɔraj]
蝦膏或蟹膏。

Coriandre [kɔrjɑ̃dr]
香菜。具獨特的濃烈氣味。

Côtes premières [kɔt prəmje]
小牛的中間背肉。

Côtes secondes [kɔt səgɔ̃d]
小牛的肩背肉。

Coulis [kuli]
蔬果或帶殼海鮮醬。大多會過篩，比 Purée 更接近液態。

Coulommiers [kulɔmje]
白黴乳酪的名產地，布里地區的乳酪。

Coupe [kup / kupe]
長棍麵包的一種，進烤爐前會在麵包上劃一刀。

Courge [kurʒ]
冬季南瓜，約於秋季收成。以 Potiron Citrouille 品種為多。

Courgette [kurʒɛt]
櫛瓜。

couscous [kuskus]
庫斯庫斯（北非小米飯）。一種粒狀的義大利麵。

Couteau [kuto]
刀。

Crabe [krab]
螃蟹。

Crème brûlée [krɛm bryle]
法式烤布蕾。類似卡士達奶油布丁的甜點。表面撒上砂糖烤至焦黃，所以有 brûlée（使焦化）這個字。

Crémet d'Anjou [kreme dɑ̃ʒu]
安茹白乳酪蛋糕，鮮乳酪蛋糕。傳統做法是用鮮奶油與蛋白霜製作，將乳酪排除水分後放入鋪有紗布的模子中。

Crêpe [krɛp]
可麗餅。將小麥麵粉或蕎麥粉與水混合後，在鍋裡煎成薄餅。發源於布列塔尼地區。麵餅煎起來有類似「縐布（Crêpe）」的紋路而有此命名。

Crépinette [krepinɛt]
用灌製香腸的豬網膜包住食材的烹調方式。

Cresson [kresɔ̃]
水芹

Crête [krɛt]
雞冠。

Crevette [krəvɛt]
小蝦。除了可以生食，也可以水煮做成沙拉，用途非常廣。

Croissant [krwasɑ̃]
可頌麵包。

Croque madame [krɔk madam]
法國香脆女士（烤乳酪火腿三明治加荷包蛋）。

Croque monsieur [krɔk məsjø]
法國香脆先生（烤乳酪火腿三明治）。吐司麵包夾入火腿再放上乳酪烘烤。

Croquette [krɔkɛt]
可樂餅。將水果與鮮奶油混合後塑形，再沾上麵包粉放入鍋內油炸，通常以點心的形式供應。

Crosse [krɔs]
牛的小腿肉。

Croustillant [krustijɑ̃]
具有酥脆口感的（料理）。

Cru [kry]
生的。

Crustacés [krystase]
帶殼海鮮。

Cuillère [kɥijɛr]
湯匙。

Cuire à la vapeur [kɥir a la vapœr]
蒸煮。適合清淡食材的烹調法。

Cuisine sous vide [kɥizin su vid]
真空烹調。將食材與調味料放入真空包裝裡，然後將整個袋子放入熱水中的烹調法。

Cuisse [kɥis]
牛、雞的大腿肉。

Culotte [kylɔt]
牛臀肉。

Cumin [kymɛ̃]
孜然。香料，有咖哩般的風味。

Cygne [siɲ]
做成天鵝造型的泡芙。

[D]

Dacquoise [dakwaz]
達克瓦滋杏仁蛋白餅。在海綿狀的杏仁餅皮內，夾入奶油霜或甘那許巧克力醬的小型糕點。

Datte [dat]
椰棗。帶有濃郁的甜味。除了可生食之外，還可做成水果乾或果醬。照片上的是水果乾。

Daube [dob]
紅酒燉牛肉。南法地區的傳統料理。

Découpage [dekupaʒ]
分切。在餐桌上分切肉類等食材的服務。

Déjeuner [deʒœne]
午餐。

Délice [delis]
為了表達食物的「美味」，在甜點或點心等名字上加入的稱呼。

Demi-sec [dəmisɛk]
半熟狀態的烘焙點心。也可指葡萄酒的「半甜」口感。

Des [de]
切成塊狀（骰子大小）。

Desperodos [desperado]
龍舌蘭風味啤酒。

Dessert [desɛr]
甜點,點心。

Diable [djabl]
在牛肉燴醬裡加入白酒與紅蔥燉煮的醬汁。法語
有「小惡魔風味」的意思,某些嗆辣口味的菜也
會以此命名。

Dieppoise [djɛpwaz]
迪普瓦滋風味。迪普瓦滋是法國一個沿海小鎮。
某種用小蝦、貝類與洋菇製成的配菜。

Digestif [diʒɛstif]
餐後酒。

Dijonnaise [diʒɔnɛz]
第戎風味。勃艮第地區第戎風味的菜餚。常使用
芥末醬或黑醋栗。

Dinde [dɛ̃d]
主要指雌火雞,雄火雞叫做 Dindon。

Dîner [dine]
晚餐。

Dorade [dɔrad]
鯛魚。

Doux [du]
甜的。甜味。

Dragée [draʒe]
將杏仁豆裹上有顏色的糖衣,通常在喜慶時當做
賀禮用。

Du Barry [dy bari]
杜巴利伯爵夫人風味。常命名於花椰菜料理。

Dugléré [dyglere]
杜格萊列風味。法國名廚的名字。

[E]

Eau [o]
水。Eau de source 是「泉水」, Eau de table 是
「瓶裝水」, Eau minérale naturelle 是「礦泉水」。

Échalote [eʃalɔt]
紅蔥頭。擁有洋蔥般的香氣。用法
和洋蔥一樣。

Échine [eʃin]
豬肩肉。

Éclair [eklɛr]
閃電泡芙。長條狀的泡芙內夾奶油,再裹上巧克
力的點心。

Écossaise [ekɔsez]
蘇格蘭風味。受到蘇格蘭地區料理的影響,或是
使用其特產鮭魚製作的料理。

Écrevisse [ekrəvis]
淡水螯蝦。整隻水煮後直接用手剝來吃。

Émincé [emɛ̃se]
將食材切成薄片。

Endive [ɑ̃div]
比利時苦苣(布魯塞爾苦苣)。有
著如白菜般的厚葉,可燉煮或做沙
拉,冬天可以做成焗烤料理。法國
北部及布列塔尼地區皆有栽種。

Entrecôte [ɑ̃trəkot]
牛背部的前半去骨後的部分。

Entrée [ɑ̃tre]
前菜。

Epaule [epol]
肩肉。

Épi [epi]
小麥穗。小麥穗形狀的長棍麵
包。

Épices [epis]
香料。

Épinard [epinar]
菠菜。葉子大而厚。法國人通常不吃它的莖部。
把菠菜嫩葉拿來做沙拉非常美味。布列塔尼地區
許多地方都有栽種。

Époisses [epwas]
勃艮第地區的水洗式乳酪。以牛奶做為原料。

Escabèche [ɛskabɛʃ]
油炸醃漬魚。在加了香料與香草的醋內，醃漬油炸小魚、帶殼海鮮或香菜的料理。

Escalope [ɛskalɔp]
切成薄片的肉或魚。也可以指切斜面的蔬菜。

Escargot [ɛskargo]
田螺，蝸牛。勃艮第地區的特產。使用了勃艮第奶油煎的「勃艮第風味田螺」非常有名。

Espagnole [ɛspaɲɔl]
西班牙風味。使用番茄、洋蔥、大蒜等食材烹煮的料理。

ESPUMA [ɛspuma]
分子料理，將所有食材慕斯泡沫化的烹調法。想法源於西班牙的米其林三星餐廳 El Bulli 的廚師 Ferran Adria。

Estragon [ɛstragɔ̃]
龍嵩，一種香草。香氣與大茴香或芹菜類似，大多用於羊肉或海鮮類料理。

Étuver [etyve]
使用食材本身的水分，蓋上蓋子蒸煮的烹調法。大多用於蔬菜料理。

[F]

Faisan [fəzɑ̃]
雉雞。多以烤的方式烹調。

Falafel [falafɛl]
法拉費。將鷹嘴豆搗碎後製作成餅下鍋油炸，是一種中東的可樂餅。

Far [far]
用小麥麵粉做成的布列塔尼的粥。此外，也可以指一種使用水果乾製作的 Far breton 蛋糕，是布列塔尼的傳統點心。

Farci [farsi]
填有餡料的。內餡是 Farce。

Farine [farin]
小麥麵粉灰分含量（礦物質含量）或精細度。

Faux-filet（Contre-filet） [fofilɛ (kɔ̃trfilɛ)]
沙朗牛肉。

Femme [fam]
鄉村風味。大多命名於用燉煮方式烹調的傳統家常菜。媽媽的味道。

Fondu [fɔ̃dy]
融化的。

Fenouil [fənuj]
茴香。擁有獨特的香氣，除了當做蔬菜，也可以做為香草或香料。用於沙拉、湯品或焗烤料理，與魚肉料理也很搭。

Fermière [fɛrmjɛr]
農夫風味，農場風味。將胡蘿蔔、芹菜、蕪菁等蔬菜切成四方形薄片，用奶油以蒸煮方式烹調的配菜。

Fève [fɛv]
蠶豆。栽種於法國南部與西南部。此外，每年主顯節法國人會吃國王烘餅（Galette des rois），餅裡藏有一顆叫做蠶豆（Fève）的陶製小玩偶，吃到小玩偶的人可以幸福地渡過一整年。

Ficelle [fisɛl]
細繩麵包（長棍麵包）。Ficelle 是「繩子」的意思。比一般長棍麵包細。

Figue [fig]
無花果，有白色和紫色的品種。與肉類搭配性極佳，常與生火腿一起食用。

Filet [filɛ]
牛里脊肉。也可以說 Filet mignon。里脊的中心部位叫 Chateaubriand，後面部位（菲力）叫 Tournedos。

Filet de bacon [filɛ də bɛkɔn]
培根肉。冷燻的鹽漬豬肉。

Financier [finɑ̃sje]
費南雪金磚蛋糕，法語是「富豪」的意思。造型類似金磚的烘焙點心。麵糰使用杏仁，有焦香的奶油風味。

Fines herbes [finzɛrb]
使用巴西里、細香蔥等數種香草混合製成的調味香菜。可用於醬料、蛋捲或生菜沙拉裡。

Flamber [flɑ̃be]
在食材上淋上利口酒（餐後甜酒）或白蘭地後以火點燃，使香味轉移的烹調法。

Flan [flɑ̃]
一種烤塔。分為鹹味與甜味等不同口味。也可以指在容器中放入蔬菜、海鮮或水果，再淋上蛋奶液後煮熟的點心。

Flanchet [flɑ̃ʃɛ]
腹部肉。

Florentins [flɔrɑ̃tɛ̃]
佛羅倫堤焦糖餅。將大量果仁或水果乾裹上焦糖製作成的小型烘焙點心。

Foie [fwa]
肝臟。

Foie gras [fwa gra]
肝醬。世界三大美食之一。
指富含豐富脂肪的鵝肝或鴨肝。法國西南部的朗德省（Landes）、熱爾省（Gers）、多爾多涅省（Dordogne）是著名的肝醬產地。

Fondant au chocolat [fɔ̃dɑ̃ o ʃɔkɔla]
巧克力熔岩蛋糕。溫熱之後切開，裡面會流出熔岩般的巧克力醬。Fondant 是「融化」的意思。

Forestière [fɔrɛstjɛr]
森林風味。以奶油煎菌菇做為配菜的料理。

Forêt-Noire [fɔrɛnwar]
黑森林蛋糕（櫻桃巧克力蛋糕）。源自德國，具有櫻桃蒸餾酒的香氣。

Formule [fɔrmyl]
半套餐（前菜＋主菜或主菜＋甜點）。

Fourchette [furʃɛt]
叉子。

Fourme d'Ambert [furm dɑ̃bɛr]
奧弗涅地區生產的以牛奶為原料的藍黴乳酪。

Fourme de Montbrison [furm də mɔ̃brizɔ̃]
產於羅訥・阿爾卑斯地區（Rhône-Alpes）的藍黴乳酪。口感溫醇濃郁，帶有微微的苦味。

Fraîche [frɛʃ]
冷的。

Fraise [frɛz]
草莓。

Fraise des bois [frɛz de bwa]
野生草莓。直翻是「森林中的草莓」的意思。

Fraisier [frɛzje]
草莓蛋糕。浸過糖漿的海綿蛋糕內夾入草莓與奶油餡。

Framboise [frɑ̃bwaz]
覆盆子。

Fressure [fresyr]
指家畜的心臟、肝臟、肺臟、脾臟等內臟。

Fricassée [frikase]
將食材煎過後保持原色狀態，再以奶油或麵粉等白醬燉煮的料理。

Frite [frit]
油炸物。

Fromage [frɔmaʒ]
乳酪，起士。鮮乳酪是 Pâte fraîche，白黴乳酪 Pâte molle à croûte fleurie，水洗式乳酪是 Pâte molle à croûte lavée，藍黴乳酪是 Pâte persillée，硬質乳酪是 Pâte pressée cuite，半硬質乳酪是 Pâte pressée non cuite。

Fromage à raclette [frɔmaʒ a raklɛt]
法國各地的硬質乳酪。無特殊氣味，較為順口。

Fromage blanc [frɔmaʒ blɑ̃]
指法國各地的鮮乳酪。口感滑嫩，具溫和的酸味與些微的鹹味。

Fromage frais [frɔmaʒ frɛ]
鮮乳酪。

Fromage pâte molle à croûte fleurie
[frɔmaʒ pat mɔl a krut flœri]
白黴乳酪。

Fromage pâte molle à croûte lavée
[frɔmaʒ pat mɔl a krut lave]
水洗式乳酪

Fromage pâte persillée [frɔmaʒ pat pɛrsije]
藍黴乳酪。

Fromage pâte pressée cuite
[frɔmaʒ pat prɛse kɥit]
硬質乳酪。

Fromage pâte pressée non cuite
[frɔmaʒ pat prɛse nɔ̃ kɥit]
半硬質乳酪。

Fruit de la passion [frɥi də la pasjɔ̃]
百香果。紫紅色的外皮內有黃色果凍般的果肉與
種子。

Fruits [frɥi]
水果。

Fruits déguisés [frɥi degize]
將水果乾用杏仁糖膏裹住的節慶點心。

Fruits de mer [frɥi də mɛr]
海鮮。

Fumé[fyme]
燻製的。

[G]

Galantine [galɑ̃tin]
凍肉捲。在雞肉或豬肉內塞入香草與肉製成的
泥，用布包住後煮熟，製成冷食食用。

Galette [galɛt]
鹹可麗餅。用蕎麥粉做成薄而圓的麵皮，下鍋煎
成金黃色後放上火腿等食材。是布列塔尼地區的
傳統料理。扁平圓形的烘焙點心也會以此命名。

Galette des Rois [galɛt de rwa]
國王烘餅。內包杏仁奶油的圓盤狀派皮點心。法
國人會於每年主顯節（1 月 6 日）食用。餅裡藏
有叫蠶豆（Fève）的陶製小玩偶，吃到小玩偶的
人可以當一天國王。

Galletes bretonnes [galɛt brətɔn]
布列塔尼小圓酥餅。有著豐富的奶油
風味與酥脆的口感，是布列塔尼地區
的糕點。因為是酪農與製鹽興盛的地
區，所以大多用的是加鹽奶油。

Ganache nature [ganaʃ natyr]
原味甘那許醬。將巧克力與鮮奶油用一定比例混
合製作而成的醬。也可以做成巧克力糖的內餡。

Ganache parfumée [ganaʃ parfyme]
風味甘那許醬。在甘那許醬內加入香氣，例如柳
橙或咖啡等不同風味，也可做成巧克力糖的內
餡。

Garbure [garbyr]
捲心菜濃湯。加入各種蔬菜、豬肉或培根燉煮而
成，是一道食材豐富的湯品。

Gaspacho [gaspatʃo]
西班牙番茄冷湯。用番茄、大蒜、小黃瓜、洋蔥
等食材做成的冷湯。發源於西班牙南部。

Gastronome [gastrɔnɔm]
美食家風味。用黑松露、栗子及菇類等做成的配
菜。

Gâteau au chocolat [gato o ʃɔkɔla]
法式巧克力蛋糕。有著沉穩滋味的巧克力蛋糕。
法語意思是「烘焙巧克力糕點」。

Gâteau au fromage [gato o frɔmaʒ]
乳酪蛋糕。將乳酪、牛奶、砂糖等食材混合後淋
入塔派麵糰烘焙而成的點心。

Gâteau basque [gato bask]
巴斯克地區（法國與西班牙交界處）的代表性點
心。在杏仁餅皮內放入卡士達奶油醬與櫻桃後烘
焙的甜點。

Gelée [ʒəle]
冷藏後凝固成凍狀的東西。常用於料理或點心類。

Gésier [ʒezje]
（禽類的）胗。

Gibier [ʒibje]
野味。鹿或鴨等野生鳥獸。

Gigot [ʒigo]
腿肉。

Gin [dʒin]
琴酒（杜松子酒）。以大麥或裸麥為原料，再用
杜松子調香的蒸餾酒。

Gingembre [ʒɛ̃ʒɑ̃br]
生薑。在歐洲通常是乾燥後使用。

Gîte à la noix [ʒit a la nwa]
牛膝蓋上方的腿肉。

Glaçage [glasaʒ]
在糕點上以糖或果凍做出鏡面般的糖衣。

Glace [glas]
冰淇淋。

Glacer [glase]
烹調完成後以燉汁或醬汁反覆淋在材料上，做出
有光澤的表面。或是將胡蘿蔔等蔬菜以砂糖、奶
油和水煮出色澤。

Grand-Mère [grɑ̃mɛr]
老奶奶風味。古早味的家常菜。

Granité [granite]
將糖分少的果汁或酒精類製成冰砂般的甜點。

Gratin [gratɛ̃]
焗烤。

Gratiner [gratine]
在食材表面上灑乳酪絲並烘烤加熱，做出金黃色
的表面。

Grecque [grɛk]
希臘風味。指受到希臘料理影響的醋漬蔬菜料
理，或使用大量香料及香草的菜餚。

Grenade [grənad]
石榴。

Grenouille [grənuj]
青蛙。只食用腿的部分。

Griller [grije]
在鐵架上以炭火烘烤食材。

Griotte [grijɔt]
一種酸味重的小粒櫻桃。因為不
適合生食，通常用來製作果醬、
糕點、蒸餾酒漬或糖漬櫻桃。照
片上的是糖漬櫻桃。

Grog [grɔg]
在蘭姆酒或干邑酒裡，加入櫻桃蒸餾酒或砂糖，
是一種溫熱的雞尾酒。

Groseille [grozɛj]
醋栗。黑醋栗是 Cassis 紅醋栗是 Groseille，
Groseille à maquereau 是鵝莓。它們和一般莓果
類一樣可以當糕點的材料，也可以做成醬料。

Guimauve [gimov]
棉花糖。

[H]

Hacher [aʃe]
將食材切細或製成絞肉。

Haddock [adɔk]
一種鱈魚。大多以燻製或製成魚乾食用。

Hamburger [ɑ̃bœrgœr]
漢堡。

Hampe [ɑ̃p]
橫隔膜附近的肉。

Hareng [arɑ̃]
鯡魚。大多以燻製或鹽漬加工後食用。鹽漬鯡魚
是 Hareng salé，冷燻鹽漬鯡魚是 Hareng saur。

Haricots [ariko]
菜豆。以「布列塔尼風味」命名的菜餚用的大多
是白色菜豆。

Haricot vert [ariko vɛr]
四季豆（連豆莢一起食用）。

Harissa [arisa]
哈里薩辣椒醬。

Herbes [ɛrb]
香草。

Herbes de Provence [ɛrb də prɔvɑ̃s]
普羅旺斯綜合香草。燉煮或燒烤料理時常用到的
混合香草。由普羅旺斯地區的百里香、迷迭香、
鼠尾草、牛至、月桂及羅勒等香草組合而成。

Hollandaise [ɔlɑ̃dɛz]
荷蘭醬。用蛋黃、奶油及檸檬汁製成的醬汁。

Homard [ɔmar]
螯蝦。大型蝦的一種。除
了身體之外，螯的部分也
有豐富的肉。

Hors-d'œuvre [ɔrdœvr]
前菜。

Huile [ɥil]
油。橄欖油叫做 Huile d'olive。

Huître [ɥitr]
牡蠣（生蠔）。在法國，牡
蠣是依尺寸來做分類，有 0
～6 號，數字愈大的牡蠣尺
寸愈小而輕。尺寸特大的
牡蠣，會用 00 或 000 標

示。此外，葡萄牙牡蠣依等級分為 TTG（超大）、
TG（特大）、 G（大）、M（中）、P（小）。

Huître creuse du Pacifique [ɥitr krøz dy pasifik]
真牡蠣。

Huître plate [ɥitr plat]
扁平牡蠣。歐洲扁平牡蠣。一種接近圓形、扁平
狀的牡蠣。又叫做 Belon（貝隆）。

Huître portugaise [ɥitr pɔrtygɛz]
葡萄牙牡蠣。

[I]

Infusion [ɛ̃fyzjɔ̃]
花草茶。也可以説 Tisane。

[J]

Jalousie [ʒaluzi]
水果酥派。派皮內夾入糖漬水果或奶油後烘烤的
甜點。派皮烤出來很像百葉窗的紋路故以此命
名。

Jambon [ʒɑ̃bɔ̃]
火腿。生火腿是 Jambon cru，熟火腿是 Jambon
cuit。

Jambon de Bayonne
[ʒɑ̃bɔ̃ də bajɔn]
巴斯克地區貝約納的生火
腿。用來醃漬的鹽是阿杜爾
河（Adour）流域採的岩鹽。

Jambon de l'Ardèche [ʒɑ̃bɔ̃ də lardɛʃ]
南法阿爾代什地區的生火腿。

Jambon fumé [ʒɑ̃bɔ̃ fyme]
燻製火腿。將生火腿或熟火腿用冷燻的方法製
作，保存性較佳。

Jambonneau [ʒɑ̃bɔno]
豬的小腿肉。通常以燉煮、鹽漬或燻製的方式加
工後食用為多。

Jambon sec des Ardennes [ʒɑ̃bɔ̃ sɛk de ardɛn]
亞耳丁乾火腿。亞耳丁地區產的生火腿。

Jarret [ʒarɛ]
小牛或羊的小腿肉。

Joue [ʒu]
牛或豬頰肉。有獨特的爽脆口感。

Julienne [ʒyljɛn]
將蔬菜等食材切成細絲。

Jus [ʒy]
果汁、肉汁、燉汁或高湯。

[K]

Ketchup [kɛtʃœp]
番茄醬。

Kipper [kipœr]
煙燻鯡魚排。

Kiwi [kiwi]
奇異果。

Kouglof [kuglɔf]
咕咕洛夫。布里歐修麵糰裡加入水
果乾或香料，放入咕咕洛夫輪狀模
型內烘烤成圓帽般的點心。

Kouign-aman [kwiɲaman]
法式奶油酥，是布列塔尼地區
的烘焙點心。Kouign 是蛋糕，
aman 是奶油，顧名思義，這是
一道有著豐富奶油風味的蛋
糕。大多使用加鹽奶油製作。

[L]

L'agneau Pascale [laɲo paskal]
亞爾薩斯地區以小羊為造型的烘焙點心。於基督
教的復活節時食用。

Laguiole [lajɔl]
魯埃格地區製作的以牛奶為原料的半硬質乳酪。

Lait [lɛ]
牛奶。

Laitue [lɛty]
萵苣。除了可當沙拉生吃外，
還可做成奶油燉煮包心菜捲或
濃湯。

Laitue iceberg [lɛty ajsbɛrg]
結球萵苣。

Langouste [lɑ̃gust]
龍蝦。一種大型蝦。肉質相當鮮甜。

Langoustine [lɑ̃gustin]
海螯蝦。一種小型蝦。肉質鮮甜，
可生食，也可整隻烹調。

Langres [lɑ̃gr]
香檳地區朗格勒高原以牛奶為原料的水洗式乳
酪。

Langue [lɑ̃g]
舌肉。

Langue-de-chat [lɑ̃gdəʃa]
法語是「貓舌頭」的意思，是一種薄片餅乾。
可以和冰淇淋、紅酒或咖啡搭配食用。

Lapin [lapɛ̃]
飼養的兔子。是由野生兔飼育而成的。

Lard [lar]
培根。冷燻的培根叫 Lard fume。

Laurier [lɔrje]
月桂。常用於燉煮或魚肉料理。通常使用的是乾
燥後的葉子，也是綜合香草束（Bouquet garni）
的香草之一。

Légume [legym]
蔬菜。

Lentille [lɑ̃tij]
小扁豆。造型類似凸透鏡故有此
稱呼。

Lièvre [ljɛvr]
野生兔。肉色較深，風味較濃郁。

Lime [lim]
萊姆。

Liqueur [likœr]
利口酒。具香氣與甜味的蒸餾酒。

Livarot [livaro]
諾曼第地區的水洗式乳酪，氣味相當濃烈。

Lisette [lizɛt]
年幼的小型鯖魚。

Loche [lɔʃ]
泥鰍。通常沾上麵粉後用奶油煎。

Longe [lɔ̃ʒ]
小牛的腰部肉。

Lotte de mer [lɔt də mɛr]
鮟鱇魚。肉質緊實脂肪少，肝臟富含豐富的脂
肪，可以用烹煮鵝肝的方式烹調。

Loup [lu]
鱸魚。

[M]

Macaire [makɛr]
馬凱爾風味。將馬鈴薯泥塑成圓形，下鍋煎成薯餅，可當做料理的配菜。

Macaron [makarɔ̃]
馬卡龍。用杏仁粉和打發蛋白等材料烘焙而成的小圓餅。兩塊餅乾之間會夾奶油、果醬或甘那許等內餡。

Mâche [maʃ]
野苣。有著柔軟細長的葉子，屬於冬季蔬菜。可當做生菜食用，也可以煎來吃。

Macis [masi]
肉荳蔻衣。由包覆著荳蔻的假種皮乾燥而成。有著相當濃郁的香甜味。

Macreuse [makrøz]
牛肩瘦肉。

Madeleine [madlɛn]
瑪德蓮蛋糕。貝殼形狀的小蛋糕。

Madère [madɛr]
馬德拉酒。是一種酒精強化酒。此外，還可以指牛肉燴醬內加入馬德拉酒燉煮後的醬汁。

Maïs [mais]
玉米。法國人其實不太吃玉米，通常會磨成粉煮粥或加工製成玉米餅、玉米片等。

Maison [mɛzɔ̃]
特製的、自製的。

Manchon [mɑ̃ʃɔ̃]
雞翅。

Mangue [mɑ̃g]
芒果。

Maquereau [makro]
鯖魚。年幼的小型鯖魚叫 Lisette，很受歡迎。

Marc [mar]
葡萄蒸餾後製作的白蘭地酒。

Marcassin [markasɛ̃]
小野豬。指出生六個月以內的小野豬。

Marengo [marɛ̃go]
馬蘭高風味。小牛肉或雞肉煎過後，以白酒燉煮的料理。

Mariner [marine]
用香草、香料、油、醋等材料醃漬肉或魚使其變得柔軟並增加風味。

Marinière [marinjɛr]
航海風味。將貽貝、小蝦與香菜等食材一起蒸煮的料理，或是用其燉汁製作的醬料。

Marjolaine [marʒɔlɛn]
牛膝草。與百里香、牛至有著類似的香氣。有去腥的作用，常使用於肉類料理。

Marron [marɔ̃]
具甜味的堅果，屬於西洋栗子的品種。一般用於糕點及菜餚，也有的地區是磨成粉使用。冬天走在路上邊逛邊吃熱呼呼的烤栗子，也是逛街的樂趣之一。

Matelote [matlɔt]
紅酒燉鰻魚。

Mayonnaise [majɔnɛz]
美乃滋。

Melon [məlɔ̃]
哈蜜瓜。

Mendiant [mɑ̃djɑ̃]
四果巧克力。灑有堅果或水果乾等的巧克力薄片，象徵四個修道院服裝的顏色。

Menthe [mɑ̃t]
薄荷。

Menu [məny]
套餐。

Mérou [meru]
石斑類海水魚的總稱。

Mesclun [mɛsklœ̃]
綜合生菜。菊苣、紫包心菜、野苣、芝麻葉等具
苦味的嫩葉菜。

Meunière [mønjɛr]
食材沾上麵粉後用奶油煎的烹調方式。

Mi-cuit [mikɥi]
半熟的、半烹煮的。

Miel [mjɛl]
蜂蜜。

Mijoter [miʒɔte]
以小火慢慢燉煮。

Mille-feuille [milfœj]
千層派。將派皮與卡士達奶油醬交錯重疊製成的
糕點。法語是「千片樹葉」的意思。此名稱也適
用於層層相疊的料理。

Millet [mijɛ]
黍或稷等雜糧穀類。可享受一粒一粒的口感，也
可做成配菜。

Mimolette [mimɔlɛt]
一種橘色球狀的硬質乳酪。原料
為牛奶，原產地為佛蘭德地區
（Flandre），由於荷蘭的艾登乳
酪製法相同，因此也有一說此乳
酪是源自於荷蘭。

Mimosa [mimoza]
含羞草風味。蛋黃看起來像含羞草球形的黃花般
散落。含羞草沙拉（蛋沙拉）。

Mirepoix [mirpwa]
為了使醬汁更濃醇，加入切碎的蔬菜或培根。

Moelleux [mwalø]
半甜，微甜。

Mont d'or [mɔ̃ dɔr]
用法國與瑞士邊境侏羅山（Jura）的牛奶製作的
水洗式乳酪。

Mont-blanc [mɔ̃blɑ̃]
以著名的阿爾卑斯山脈白朗峰命名的奶油栗子蛋
糕。

Morbier [mɔrbje]
法蘭屈·康堤（Franche-Comté）地區製作、以
牛奶為原料的半硬質乳酪。有濃郁的乳香味。

Morille [mɔrij]
羊肚菌。菇傘的外側有許多網狀皺摺。可做成配
菜或醬料等料理。

Mornay [mɔrnɛ]
在貝夏媚醬（Sauce béchamel，一種義式白醬）
裡加入乳酪或奶油。

Morue [mɔry]
鱈魚。通常指曬過的魚乾。

Moule [mul]
貽貝，淡菜。法國北部圓而
小的貽貝尤其美味。

Mousse [mus]
慕斯。在打發的蛋白、鮮奶油內加入巧克力或水
果泥的點心。也可指在製成泥狀的食材裡，加入
打發的鮮奶油或蛋白的料理。

Moutarde [mutard]
芥末醬。

Mouton [mutɔ̃]
羊肉。

Munster [mœ̃stɛr]
表皮薄而呈淡橘色、原產於阿爾薩斯地區的水洗
式乳酪。原料為牛奶，具有相當獨特的氣味。

Muscade [myskad]
肉豆蔻。具刺激性的甜香氣味，同時帶有微苦
味。除了用於肉類料理，也可以用於點心類。

Muscat [myska]
麝香葡萄酒。或指甜味白酒。

Museau [myzo]
鹽漬豬或牛的頰肉或下巴肉。切成薄片食用，通
常以前菜的方式供應。

Myrtille [mirtij]
藍莓。

[N]

Nage [naʒ]
指用海鮮類連殼帶皮煮成的清湯，或是用此清湯所燉煮成的料理。有時也指用香菜及白酒燉煮海鮮類後，在其燉汁內加入鮮奶油製成醬汁，用該醬汁烹調的料理。

Nantua [nãtya]
楠蒂阿風味。使用螯蝦做的料理名稱。

Napolitain [napɔlitɛ̃]
小方塊巧克力。

Navarin [navarɛ̃]
用蔬菜與羊肉燉煮的料理。大多會加入蕪菁。

Navet [navɛ]
蕪菁。法國的蕪菁的根上半部為紫紅色，下半部為白色。通常是煮熟後食用。

Neufchâtel [nøʃɑtɛl]
一種口味溫和的白黴乳酪。有四角形或圓柱形等不同形狀。

Niçoise [niswaz]
尼斯風味。使用番茄、大蒜、橄欖油、鯷魚等尼斯特產食材的料理。

Noisette [nwazɛt]
榛果。

Noix [nwa]
核桃。可直接吃，也可拿來做糕點或醬料。

Noix de cajou [nwa də kaʒu]
腰果。

Noix de coco [nwa də koko]
椰子。食用果肉的部分。

Normande [nɔrmãd]
諾曼第風味。或用海鮮與鮮奶油製成的醬汁。

Nougat [nuga]
牛軋糖。將堅果類用砂糖或蜂蜜凝固後製成的糖果點心。

Nutella [nytela]
巧克力榛果醬。塗在麵包上食用。

[O]

Œuf [œf]
蛋。

Œuf de caille [œf də kaj]
鵪鶉蛋。

Œuf de poule [œf də pul]
雞蛋。

Œufs à la neige [œf a la nɛʒ]
雪花蛋奶。neige 是「雪」的意思。將打發蛋白煮過凝固後淋上焦糖的一道涼點。

Œufs à la poêle [œf a la pwal]
煎荷包蛋。Œufs sur le plat 是烤箱烤的荷包蛋。

Œufs brouillés [œf bruje]
炒蛋。

Œufs durs [œf dyr]
水煮蛋。

Œufs en cocotte [œf ã kɔkɔt]
法式小盅蛋，法式燉蛋。

Œufs frits [œf fri]
炸蛋。

Œufs mollets [œf mɔlɛ]
半熟蛋。

Œufs pochés [œf pɔʃe]
水波蛋。

Oie sauvage [wa sovaʒ]
野雁。家禽化的是鵝。

Oignon [ɔɲɔ̃]
洋蔥。食用的是鱗莖的部分。有白洋蔥與紫洋蔥等許多種類。除了可做沙拉、焗烤洋蔥、炸洋蔥圈之外，也可運用於各種不同的料理。

Olive [ɔliv]
橄欖。

Omelette [ɔmlɛt]
蛋捲。Omelette nature 是原味蛋捲。

Onglet [ɔ̃glɛ]
牛橫隔膜。橫隔膜肋骨側的部分。

Opéra [ɔpera]
歌劇院蛋糕。發源於巴黎歌
劇院附近「Dalloyau」糕點
店的巧克力蛋糕。是由吸附

咖啡糖漿的海綿蛋糕、咖啡
風味奶油醬與巧克力甘那許醬多層次交錯堆疊而
成的蛋糕。

Orange [ɔrɑ̃ʒ]
柳橙。與巧克力或鴨肉搭配性佳。

Orangette [ɔrɑ̃ʒɛt]
巧克力橘子條（片）。將柑橘外皮以糖漬或蜜漬
後，再用濃郁的巧克力包覆起來的巧克力甜點。
也可以用檸檬皮或柚子皮製作。

Orge [ɔrʒ]
大麥。做為濃湯或燉煮料理的材料。

Origan [ɔrigɑ̃]
牛至。與番茄搭配性佳，與羅勒有類似的香氣。

Oseille [ozɛj]
形狀與菠菜相似的蔬菜，有酸味。可做沙拉，也
可炒來吃。

Oursin [ursɛ̃]
海膽。除了生食，也可製成醬料運用在料理上。

[P]

Paella [paeja]
西班牙海鮮燉飯。加入蝦、貽貝等海鮮食材的米
飯料理。在南法地中海沿岸一帶也很常見。

Pageot [paʒo]
鯛魚。歐洲鯛魚的總稱。在法國是相當普遍的白
肉魚。

Pain [pɛ̃]
麵包。

Pain au chocolat [pɛ̃ o ʃɔkɔla]
巧克力麵包。

Pain au lait [pɛ̃ o lɛ]
牛奶麵包。

Pain au levain [pɛ̃ o ləvɛ̃]
用天然酵母發酵與熟成的法式
麵包。

Pain au noix [pɛ̃ o nwa]
核桃麵包。

Pain au seigle [pɛ̃ o sɛgl]
裸麥麵包。

Pain au son [pɛ̃ o sɔ̃]
糠麥麵包。

Pain aux céréales [pɛ̃ o sereal]
雜糧麵包。

Pain aux raisins [pɛ̃ o rɛzɛ̃]
葡萄麵包。

Pain complet [pɛ̃ kɔ̃plɛ]
全麥麵包。

Pain d'épice [pɛ̃ depis]
在發酵麵糰裡加入蜂蜜或香料的糕點，
香料麵包。是一種像餅乾也像蛋糕的點心。

Pain de campagne [pɛ̃ də kɑ̃pa
形狀像橄欖球的圓形鄉村麵
包。常用精製度較低的小麥麵
粉烘焙。

Pain de gênes [pɛ̃ də ʒɛn]
熱內亞麵包。使用大量杏仁的海綿蛋糕。

Pain de lodeve [pɛ̃ də lɔdɛv]
使用天然發酵種的硬質麵包。外皮較硬，內部柔
軟。

Pain de mie [pɛ̃ də mi]
吐司麵包。

Pain rustique [pɛ̃ rystik]
農家鄉村麵包。由於麵糰是在分割狀態下烘烤，
因此沒有固定形狀。

Palmier [palmje]
蝴蝶酥。派皮麵糰製成的心形烘焙點心。

Pamplemousse [pɑ̃pləmus]
葡萄柚。

Panaché [panaʃe]
帕納雪什錦雞尾酒。啤酒兌檸檬水混合而成。

Panais [panɛ]
芹蘿蔔。食用黃色的根
部。加熱煮過後的口感很
像薯類，味道、香氣與形
狀都與胡蘿蔔很類似，烹
調方式也一樣。

Paner [pane]
裹上麵包粉製作麵衣。

Paner à l'anglais [pane a lɑ̃glɛ]
食材裹上麵粉、蛋汁後再沾麵包粉烹調的料理。
英式風味。

Paner à la française [pane a la frɑ̃sɛz]
食材上塗上融化的奶油，再裹上麵包粉烹調的料
理。法式風味。

Paner à la milanaise [pane a la milanɛz]
食材裹麵粉、蛋汁後再沾混有乳酪絲的麵包粉烹
調的料理。米蘭風味。

Paner à la polonaise [pane a la pɔlɔnɛz]
把用奶油炸過的麵包粉或麵包丁撒在蔬菜料理
上。波蘭風味。

Papaye [papaj]
木瓜。除了製作點心外，未熟的青木瓜也可用在
沙拉或焗烤料理內當蔬菜食用。木瓜所含的蛋白
質分解酵素可使肉類變柔軟。

Papillote [papijɔt]
用鋁箔紙或抹油的紙包覆食材，再放進烤箱烘烤
的烹調法。

Paprika [paprika]
甜味重的大型椒。有紅、黃、橘等不同顏色。

Parfait glacé [parfɛ glase]
使用大量蛋黃與鮮奶油製作、類似冰淇淋的冰
品。使用打發的蛋黃與鮮奶油是它與一般冰淇淋
不同之處。

Paris-Brest [paribrɛst]
巴黎布列斯特泡芙。輪狀的泡芙麵糰夾入果仁糖
風味的奶油。一般的說法是為了紀念巴黎到布列
斯特之間的自行車比賽，故以自行車車輪做為造
型的點心。

Parisien [parizjɛ̃]
巴黎式長棍麵包。長約 70 公分的棒狀法國麵
包。

Parisienne [parizjɛn]
巴黎風味。用馬鈴薯、生菜或鰻魚混合製成的配
菜，蒸煮後搭配肉類料理。

Pastis [pastis]
法國的香草利口酒。Ricard 和 Pernod 是代表性
品牌。

Pâte [pat]
義大利麵。

Pâté [pate]
肉醬，肉派。將絞成泥狀的肉或魚塞進小容器
內，或用派皮裹住肉醬後烘烤的傳統料理。
Terrine 也包含 Pâté 在內，用陶罐塑形的陶罐肉
派叫 Terrine。

Pâté de campagne [pate də kɑ̃p
鄉村肉派。將豬的腹部肉、油脂
或肝臟等粗絞後放入模型，再拿
進烤箱中烘烤。

Pâté de foie [pate də fwa]
肝臟肉醬。將肝臟、油脂與牛奶製成泥，放進模
型內加熱煮熟。肝臟慕斯。

Pâte de fruits [pat də frɥi]
法式水果軟糖。將水果泥或果
汁加熱煮成果凍狀後使其凝固
的砂糖點心。

Pâté en croûte [pate ɑ̃ krut]
將派皮鋪在模型內，包覆 Pâté
肉醬後放入烤箱烘烤。肉醬餡
餅。

Paupiette [popjɛt]
肉捲，魚捲。薄片的肉或魚放上餡料後捲起來，以蒸煮或煎的方式烹調。

Pavé [pave]
以鋪路的方塊石為形象所製作的方塊形料理。例如做成四角形狀的慕斯、蛋糕或煎魚。

Pavot [pavo]
罌粟子。製作麵包或糕點時灑於上方。

Paysanne [peizan]
將蔬菜切成 1 公分大小、或厚 1 公分長 1 公分的薄片。或指鄉村風味或家常風味的菜餚。

Pêche [pɛʃ]
桃子。法國以黃桃為主流。除了直接生食，還可以做蜜漬水果或水果泥等點心。在法語裡「蜜桃般的肌膚」或「擁有蜜桃（活力充沛之意）」等都是讚美的話語。

Pêche Melba [pɛʃ mɛlba]
蜜桃梅爾芭。香草冰淇淋上面放糖漬蜜桃。

Perdreau [pɛrdro]
小山鶉。

Périgueux [perigø]
在牛肉燴醬裡加入松露與松露高湯所製成的醬汁。松露名產地佩里戈爾地區（Périgord）的佩里戈松露醬很有名。

Persil [pɛrsi]
巴西里（荷蘭芹）。除了魚、肉料理之外，和蛋或蔬菜料理搭配性也很不錯。想添加色彩或香氣時可使用。

Persillade [pɛrsijad]
切細的巴西里、大蒜、香草與麵包粉混製而成的調味料。裹於食材表面再放進鍋裡煎。

Pet-de-nonne [pɛdnɔn]
將泡芙麵糰下鍋油炸做成的小圓球點心。法語 Pet 是「屁」，nonne 是「修女」，這道點心直譯有「修女之屁」的意思。

Petit four [pəti fur]
一口大的點心的總稱。分為 Petit four sec（sec＝乾的）與 Petit four frais（frais＝生的）兩種。也可以叫做 mignardise（嬌小可愛之物）。

Petit pois [pəti pwa]
豌豆。法國北部與布列塔尼地區為主要生產地。代表性的菜餚為聖日耳曼（Saint-Germain）濃湯。

Petit-suisse [pətisɥis]
有著濃郁奶香與口感的鮮乳酪。原料為牛奶。

Picodon [pikɔdɔ̃]
隆河地區的羊奶乳酪。呈小圓餅的形狀。

Pied [pje]
腳，蹄。脛部以下的部分。使用小牛、羊、小羊、豬的腳。

Piémontaise [pjemɔ̃tɛz]
皮埃蒙特（義大利的州）風味。做為配菜的燉飯。有時會加上白松露。

Pieuvre [pjœvr]
章魚。整體而言，法國人吃得並不多，不過地中海沿岸的居民會食用。

Pigeon [piʒɔ̃]
鴿子。乳鴿叫做 Pigeonneau。

Pignon [piɲɔ̃]
松子。可以將炒過的松子灑在菜餚上，也可以拿來做糕點。

Piment [pimɑ̃]
辣椒。具有強烈而刺激的辣味。

Piment de la Jamaïque [pimɑ̃ də la ʒamaik]
牙買加胡椒。有類似肉桂、丁香與荳蔻混合在一起的香氣。

Pintade [pɛ̃tad]
珠雞。幼珠雞叫 Pintadeau。

Pistache [pistaʃ]
開心果。可拿來當零食，也可磨成泥用於糕點。有著鮮艷的黃綠色，經常被拿來當做裝飾。

Pistou [pistu]
將羅勒與大蒜磨成泥，再與橄欖油混合的醬料。

Pithiviers [pitivje]
皇冠杏仁派。發源於奧爾良內（Orléanais），在派皮麵糰內包入杏仁奶油內餡的一種甜點。另有一種同名的派皮點心，是將杏仁蛋糕用翻糖包住，再以糖漬水果裝飾的甜點。

Plat [pla]
主菜。Plat du jour 是「今日推薦菜色」的意思。

Plat de côtes [pla də kot]
腹部肉。通常用來做培根或香腸。

Pleurote [plœrɔt]
平菇。具圓形或半圓形的傘部。顏色為灰褐色，肉質有彈性。與杏鮑菇同科同屬。

Pocher [pɔʃe]
用水或高湯水煮食材。

Poêler [pwale]
將主食材和奶油、香菜等一起燜烤的烹調方式。特徵為成品多汁富含水分。

Poire [pwar]
西洋梨。果肉味甜有黏稠口感。

Poireau [pwaro]
韭蔥（大蔥）。英文叫 leek。食用莖白的部分。與一般的蔥不同，它的葉子呈扁平狀，可用於濃湯、奶油燉煮料理或做成各式醬料。

Pois chiches [pwa ʃiʃ]
鷹嘴豆。也可稱為埃及豆。因為豆子上有個像鳥嘴的突起，故有此名稱。

Pois mange-tout [pwa mãʒtu]
豌豆，荷蘭豆。

Poissons [pwasɔ̃]
魚，魚肉料理。

Poissons d'eau douce [pwasɔ̃ do dus]
淡水魚。

Poissons de mer [pwasɔ̃ də mɛr]
海水魚。

Poitrine [pwatrin]
胸肉。

Poivre [pwavr]
胡椒。

Poivron [pwavrɔ̃]
甜椒。大而肉厚，有黃色或紅色等不同顏色。可用於生菜沙拉、法式燉菜、西班牙冷湯，或用於其他西班牙料理。

Polenta [pɔlɛnta]
玉米粉內加入水或牛奶烹煮而成的玉米麵糊。

Polonaise [pɔlɔnɛz]
波蘭圓舞曲。在浸泡過蘭姆酒與櫻桃酒的布里歐修麵包裡夾入奶油，再覆以蛋白酥烤出色澤的點心。

Pomme [pɔm]
蘋果。在著名的蘋果產地諾曼第地區，非常盛行釀造蘋果酒（Cidre）與卡巴度斯蘋果酒（Calvados）。

Pommeau [pɔmo]
用諾曼第地區生產的卡巴斯度蘋果酒與蘋果汁混製成的雞尾酒。是一種常見的餐前開胃酒。

Pomme de terre [pɔm də tɛr]
馬鈴薯。因為形狀與蘋果（pomme）類似，因此被稱為「大地的蘋果」（pomme de terre）。分為加熱時易碎的粉質馬鈴薯與不易變形的黏質馬鈴薯。

Pont-l'évêque [pɔ̃levɛk]
諾曼第地區所製作的水洗式乳酪，以牛奶做為原料。比其他水洗式乳酪溫和順口。

Pont-neuf [pɔ̃nœf]
新橋塔。在塔上鋪泡芙麵糊與卡士達奶油醬的點心。以巴黎現存最古老的橋 Pont-neuf（新橋）為形象製成。塔的表面上有派皮的格狀，類似橋的模樣。

Porc [pɔr]
豬肉。

Porto [pɔrto]
波爾多葡萄酒。屬酒精強化酒，以甜酒居多。

Potage [pɔtaʒ]
湯品料理。分為濃湯與清湯。

Pot-au-feu [pɔtofø]
蔬菜燉肉鍋。除了牛肉之外,也可以使用豬肉或
培根肉。

Poularde [pulard]
肥雞。餵肥的小母雞。

Poulet [pulɛ]
幼雞。以布列斯(Bress)生產的最著名。

Pouligny-saint-pierre [puliɲisɛ̃pjɛr]
貝里(Berry)地區生產的羊奶乳酪。特徵為形
狀是細長的金字塔形狀。

Poussin [pusɛ̃]
小雛雞。

Poutargue [putarg]
烏魚子。鯔魚(烏魚)或鱈魚的卵巢鹽漬後乾燥
的加工食品。在法國也同樣是高級品。

Praline [pralin]
果仁糖。在杏仁外面裹上硬糖衣後壓碎的一種點
心。或指用果仁糖製作的巧克力甜點。

Princesse [prɛ̃sɛs]
公主風味。用蘆筍的筍尖與松露片製成的配菜。

Printanière [prɛ̃tanjɛr]
春天風味的。將蒸過的奶油與春季蔬菜混合拌製
的配菜。

Prix Fixe [pri fiks]
介於 à la carte(單點)與 menu(套餐)之間的
料理供應方式。從前菜、主菜、甜點等餐廳推薦
項目裡選出自己喜歡的菜色。

Profiterole [prɔfitrɔl]
在烤過的小泡芙裡填入巧克力或奶油的泡芙點
心,也有塞入蔬菜或肉泥等鹹口味的小泡芙。

Provençal [prɔvɑ̃sal]
普羅旺斯風味。使用番茄、大蒜、橄欖油等南法
風味的料理名稱。

Prune [pryn]
李子,梅子。

Puits d'amour [pɥi damur]
焦糖奶油酥塔。在烤好的派皮內填入奶油或果醬,
再使表面焦糖化的點心。法語 Puits 是「井」,
Amour 是「愛」,直譯就是「愛之井」的意思。

Purée [pyre]
搗成泥狀。

[Q]

Quatre-quarts [katrkar]

法式奶油蛋糕(磅蛋糕)。法語
Quatre-quarts 是「四個四分之一」
的意思。小麥麵粉、砂糖、奶
油、雞蛋四種材料都使用同樣份
量,故有此名稱。

Quenelle [kənɛl]
肉丸,魚丸。將肉漿或魚漿加蛋揉成球狀後,放
進烤箱烘烤的料理。

Queue [kø]
牛、小牛或豬的尾部。

Quiche [kiʃ]

法式鹹派。在未加甜味
的派皮上,淋入雞蛋與
鮮奶油製成的蛋奶液,
再放入培根等材料後進
烤箱烘烤成鹹派。又以
洛林省(Lorraine)的傳統料理 Quiche Lorraine
最廣為人知。

[R]

Radis [radi]
蘿蔔。食用肥大的
根與莖部。紅色小
球狀的蘿蔔通常會
拿來生食。

Ragoût [ragu]
燉煮。有時會加入小麥麵粉製的液體增加濃稠
感。

Raifort [rɛfɔr]
西洋山葵。磨擦其根部,可搭配牛排食用。

Raisin [rɛzɛ̃]
葡萄。

Raisin sec [rɛzɛ̃ sɛk]
葡萄乾。

Ratatouille [ratatuj]
南法燉菜。將洋蔥、青椒、櫛瓜、番茄等蔬菜炒過後燉煮的料理。

Reblochon [rəblɔʃɔ̃]
薩瓦省（Savoie）生產的半硬質乳酪。原料為牛奶，是帶有微微堅果香氣的乳酪。

Religieuse [rəliʒjøz]
修女泡芙。在大泡芙的上面堆疊一個小泡芙，頂上再用奶油糖霜裝飾。由於顏色和形狀都和修女服相似，故以「修女」為名。

Rémoulade [remulad]
美奶滋內加入剁碎的酸豆與酸黃瓜調製而成的蛋黃醬。

Rhubarbe [rybarb]
食用大黃。食用其葉柄的部分。具有強烈的酸味，可加砂糖製作成果醬或糖漬大黃，放於塔派上，與草莓搭配性佳。

Rhum [rɔm]
蘭姆酒。用蔗糖釀造的蒸餾酒。

Rillettes [rijɛt]
熟肉醬。將豬肉或雞肉的纖維燉煮到爛，再與油脂混製成肉醬。類似 Pâté，可塗在麵包上食用。

Rissoler [risɔle]
烤黃，烘黃。將食材在油鍋內炒過後，使食材表面有一層燒烤色澤。

Riz [ri]
米，飯。在法國米飯除了可當配菜之外，也可以製成甜點。

Robert [rɔbɛr]
在牛肉燴醬裡加入洋蔥與白酒燉煮後製成的醬汁。

Rocamadour [rɔkamadur]
庇里牛斯地區（Midi-Pyrénées）所製作的小尺寸（一口尺寸）羊奶乳酪。

Rocher au chocolat [rɔʃe o ʃɔkɔla]
金莎巧克力。巧克力糖的一種。Rocher 是岩石的意思，指的是巧克力的形狀像岩石一般凹凸不平。

Rognon [rɔɲɔ̃]
腰子（腎）。做菜時會使用新鮮小牛或小羊的腎。

Romarin [rɔmarɛ̃]
迷迭香。具有強烈的香氣，對於味道較重的肉類或魚類有去腥作用。

Roquefort [rɔkfɔr]
魯埃格（Rouergue）地區的洛克福乳酪，世界三大藍黴乳酪之一。原料為羊奶，氣味較重。

Roquette [rɔkɛt]
義大利芝麻菜。帶有清爽的嗆辣味與芝麻般的香氣。常用於義大利料理，南法人也常吃。

Rôti [rɔti]
烤肉。將肉類或帶殼海鮮直接在火上或放入烤箱內烤至表面上色後，內部再仔細加熱使之熟透。

Rouget [ruʒɛ]
緋魚。一種脂肪少的白肉魚。身體呈紅色，在歐洲相當受歡迎。

Rouille [ruj]
蒜泥蛋黃醬。用大蒜、辣椒、橄欖油、麵包心與蛋黃製成的醬料。

Roulé [rule]
蛋糕捲（瑞士捲）。法語 Roulé 是「捲」的意思。塗上果醬或奶油再捲起來的蛋糕。

Rumsteak [rɔmstɛk]
臀部上方肉（腰到臀部之間的部位）。

[S]

Sablé [sable]
沙布列餅乾。有著酥脆口感的奶油酥餅。

Safran [safrɑ̃]
番紅花。

Saignant [sɛɲɑ̃]
半生不熟的。

Saint marc [sɛ̃ mark]
聖馬可蛋糕。海綿蛋糕內夾入巧克力奶油與香草奶油，表面撒上砂糖使其焦糖化。

Saint-Honoré [sɛ̃tɔnɔre]
聖多諾黑泡芙。在酥脆的派皮上放上奶油小泡芙的甜點。以麵包與甜點的守護神聖多諾黑為名的甜點。

Saint-Hubert [sɛ̃tybɛr]
聖胡伯特風味。以狩獵人的守護神為名，指用狩獵肉做的料理。

Saint-nectaire [sɛ̃nɛktɛr]
奧弗涅（Auvergne）地區生產的半硬質乳酪。以牛奶為原料，帶有牛奶的甜味。

Saint-paulin [sɛ̃polɛ̃]
一種口感滑嫩的半硬質乳酪，以牛奶為原料，味道溫和。

Sainte-maure de Touraine [sɛ̃tmɔr də turɛn]
棒狀，乳酪表面會灑一層帶鹽的炭灰，是相當特別的羊奶乳酪。產地為羅亞爾河谷地區。

Saisir [sɛzir]
以大火煎熟食材表面使其呈金黃色。或指放入煮沸的熱水中，使表面凝固。

Salade [salad]
生菜沙拉。Salade verte 是「綠色沙拉」。

Salami [salami]
沙拉米義式臘腸。發源於義大利的乾式臘腸的總稱。

Salé [sale]
鹽味的。

Salers [salɛr]
用奧弗涅地區的牛奶製成的硬質乳酪。帶有微微的牧草香氣。

Salsifis [salsifi]
婆羅門參（西洋牛蒡）。有微微的苦味，可用於奶油燉煮料理或焗烤料理。

Sandwich [sɑ̃dwitʃ]
三明治。

Sanglier [sɑ̃glije]
野豬。

Sardine [sardin]
沙丁魚。新鮮的沙丁魚除了可直接食用或烹調後食用之外，還可以做成油漬或醋漬沙丁魚。

Sarladaise [sarladɛz]
薩拉特風味。佩里戈地區（Perigord）的馬鈴薯料理。有時會配上黑松露。

Sarrasin [sarazɛ̃]
蕎麥。也可說 Blé noir，剝去外皮後可直接煮粥，也可以製成蕎麥粉做可麗餅或加工成麻糬。用蕎麥粉製成的可麗餅 Galette 是布列塔尼地區的名產。

Sarriette [sarjɛt]
香薄荷。常與豆類一起食用，常用來去除肉類的腥味。

Sauce à la crème [sos a la krɛm]
用貝夏媚醬、鮮奶油、檸檬汁等混合製成的奶油醬。

Sauce allemande [sos almɑ̃d]
蛋黃奶油醬。高湯內加入蛋黃與各種香料，最後再加入奶油製成的醬料。

Sauce américaine [sos amerikɛn]
魚高湯內加入番茄、白酒與海鮮殼燉煮後過濾的醬料。

Sauce au champagne [sos o ʃɑ̃paɲ]
用香檳酒、海鮮類的高湯與鮮奶油製成的醬汁，用於魚肉料理。

Sauce béchamel [sos beʃamɛl]
貝夏媚醬，用於焗烤料理的白醬。

Sauce demi-glace [sos dəmiglas]
牛肉燴醬。小牛高湯加入酒後燉煮成的醬料。

Sauce espagnole [sos ɛspaɲɔl]
西班牙醬汁。在牛肉高湯裡加入香菜、番茄與豬
腹肉，過濾後製成的醬汁。

Sauce mayonnaise [sos majɔnɛz]
美奶滋。

Sauce poivrade [sos pwavrad]
胡椒醬。

Sauce vin blanc [sos vɛ̃ blɑ̃]
用魚高湯、鮮奶油與各種蔬菜製成的醬汁。

Sauce vinaigrette [sos vinɛgrɛt]
法式油醋醬。用油與醋混合製成的醬料。

Saucisse [sosis]
小香腸。

Saucisse à cuire [sosis a kɥir]
生香腸。烹調用的香腸。

Saucisse de Francfort [sosis də frãkfɔr]
法蘭克福香腸。發源於德國法蘭克福。

Saucisse de Montbéliard [sosis də mɔ̃belijar]
法蘭屈·康堤省（Franche-Comté）的粗絞肉香
腸。有大蒜與孜然的香氣。

Saucisse de Morteau [sosis də mɔrto]
莫爾托香腸。發源於法蘭屈·康堤省（Franche-
Comté）的莫爾托（Morteau）。將豬肉與油脂填
塞進粗大腸內，一端用繩子，一端用牙籤固定後
以冷燻方式製作。

Saucisse de Strasbourg [sosis də strasbur]
亞爾薩斯地區的名產香腸。可以說是法國版的法
蘭克福香腸。

Saucisse de Toulouse [sosis də tuluz]
土魯斯香腸。使用新鮮的豬瘦
肉絞肉與油脂。發源於法國西
南部土魯斯（Toulouse）。

Saucisson [sosisɔ̃]
香腸，臘腸。

Saucisson aux herbes de Provence
[sosisɔ̃ o zɛrb də prɔvɑ̃s]
將普羅旺斯料理常用的香草灑在表面的乾式香腸。

Saucisson cuit [sosisɔ̃ kɥi]
熟香腸。

Saucisson de canard [sosisɔ̃ də kanar]
鴨肉與豬肉的乾式香腸。

Saucisson de chevreuil [sosisɔ̃ də ʃəvrœj]
鹿肉與豬肉的乾式香腸。

Saucisson de foie [sosisɔ̃ də fwa]
肝臟腸。

Saucisson de paris [sosisɔ̃ də pari]
巴黎香腸。把豬絞肉以及豬背部脂肪，填塞進大
腸內煮熟，不進行燻製。大多是大蒜口味，又叫
做 Paris-ail。

Saucisson de lyon [sosisɔ̃ də ljɔ̃]
以里昂這個美食之城為名的乾式香腸，特色是香
腸內加了開心果。

Saucisson sec [sosisɔ̃ sɛk]
乾式香腸。

Sauge [soʒ]
鼠尾草。一種香料。可去除肉腥味，有使油脂變
清爽的效果。

Saumon [somɔ̃]
鮭魚。可煎、烤或做薄切生魚片（Carpaccio）
等，用途相當廣。

Sauté [sote]
嫩煎的食物，嫩煎的。

Sauter [sote]
油炒或嫩煎的烹調方式。

Savarin [savarɛ̃]
薩瓦蘭蛋糕。以法國美食家布里
亞·薩瓦蘭為名的點心。發酵麵
糰浸泡大量糖漿與蘭姆酒製成的
蛋糕。

Savoyarde [savwajard]
薩瓦風味。指薩瓦地區（與義大利交界處）的料
理。常使用乳酪與馬鈴薯。

Sec [sɛk]
乾的。

Seiche [sɛʃ]
烏賊。體型比日本烏賊大，有嚼勁。

Seigle [sɛgl]
黑麥。除了製作麵包外，也是製作黑啤酒與琴酒（杜松子酒）的原料。

Sel [sɛl]
鹽。

Selles-sur-cher [sɛlsyrʃɛr]
羅亞爾河流域地區製作的羊奶乳酪。具有熟成乳酪的濃醇風味，酸度與甜度都恰到好處。

Sépia [sepja]
烏賊墨汁。用於燉煮料理等。

Serviette [sɛrvjɛt]
餐巾。

Sésame [sezam]
芝麻。

Soja [sɔʒa]
大豆。法國人其實吃得並不多。

Sole [sɔl]
比目魚。比鰈魚瘦，身體柔軟。在多佛海峽捕捉到的是多佛比目魚（Dover Sole）。

Soubise [subiz]
用洋蔥泥與貝夏媚白醬製成的白色醬汁。

Soufflé [sufle]
舒芙蕾。麵糊加入打發的蛋白霜，放進烤箱中烘烤的甜點或料理。

Soufflé glacé [sufle glase]
舒芙蕾凍糕。形狀類似烘烤後膨脹起來的舒芙蕾的冰品。像冰淇淋般在口中融化。

Soupe [sup]
湯。

Stollen [stɔlɛn]
Stollen 是德語。德國聖誕麵包（史多倫麵包）。布里歐修麵糰內加入蘭姆酒與砂糖醃漬的水果乾，烘烤後表面灑上糖霜，於聖誕節時食用。

Sucre [sykr]
砂糖。

Suer [sɥe]
鍋內放油後，擺入蔬菜以小火慢炒。基本上不另外加水，只使用蔬菜的水分來炒。

Surimi [syrimi]
魚漿。用白肉魚漿做成類似蟹肉模樣的產品。

Surprise [syrpriz]
指的是給用餐者驚喜的意思。指的是特別講究的點心、或是有著趣味口感的菜餚。

[T]

Tabatière [tabatjɛr]
香煙盒麵包。是一種比較小型的法國麵包。與長棍麵包用的是同樣的麵糰。

Tablette de chocolat [tablɛt də ʃɔkɔla]
巧克力磚（片）。也叫做 Baton de chocolat。指凝固成片狀或棒狀的巧克力。

Tapenade [tapnad]
普羅旺斯酸豆橄欖醬。用黑橄欖、鯷魚、酸豆研磨製成的醬。

Tartare [tartar]
將生的材料切碎做成的料理總稱。生牛肉切碎，加入洋蔥與蛋黃的料理叫 Tartare Steak（韃靼生牛肉）。此外，將美奶滋與剁碎的蔬菜與水煮蛋混製成的叫做 Tartare Sauce（韃靼醬，塔塔醬）。

Tarte [tart]
塔派。在酥脆的塔派皮中盛裝卡士達奶油醬與水果。用大模型做的叫做 Tarte，用小模型做的叫做 tartelette。也有鹹味的塔派。

Tarte montmorency [tart mɔ̃mɔrɑ̃si]
在塔派皮上淋入酒漬櫻桃與麵糊，放進烤箱烘烤而成的點心。

Tarte tatin [tart tatɛ̃]

反轉蘋果塔。派皮上方鋪滿
蘋果的塔派。將蘋果放入模
型內，上方再覆上一層派皮
放進烤箱烘烤，最後再倒扣
在盤中。20 世紀初在索羅涅
（Sologne）地區，有對叫 Tatin 的姊妹因為忘了
先將塔皮放入模型內，事後才覆蓋一層塔皮上
去，卻歪打正著成為美味的點心。

Tartine [tartin]

長棍麵包切對半後，塗上果醬或奶油。

Tendron [tɑ̃drɔ̃]

後方腹肉。

Tequila [tekila]

龍舌蘭酒。以龍舌蘭為原料製成的墨西哥蒸餾
酒。

Terrine [tɛrin]

陶罐派（肉凍或蔬菜凍）。將切碎的肉或蔬菜放
進模型內煮熟，冷藏後分切食用。

Tête [tɛt]

頭部。牛、小牛、羊、豬的頭部肉。

Thé [te]

茶，紅茶。Thé vert 是綠茶，Thé parfumé 是風
味茶。

Thermidor [tɛrmidɔr]

將大型蝦切對半，淋上奶油醬後，放入烤箱內烘
烤的烹調法。有時也會灑上乳酪。

Thon [tɔ̃]

鮪魚。可以用燻製、油漬、鹽漬、醃漬等方式保
存。近年來生食鮪魚有增多的趨勢。

Thym [tɛ̃]

百里香。廣泛用於魚類與肉類料理。百里香是香
料束（Bouquet Garni）裡的一種香草。

Tomate [tɔmat]

番茄。南法料理不可欠缺的蔬菜之一。番茄的種
類有長番茄、圓番茄、櫻桃番茄等。除了用於沙
拉、醬料、鹽漬之外，也被廣泛應用於各種料
理。此外，也可烹調當水果食用的番茄，以點心
方式供應。

Tourner [turne]

將馬鈴薯或蕪菁等蔬菜削成橄欖狀。

Tourteau fromagé [turto frɔmaʒe]

黑乳酪蛋糕。波爾多地區的著名點心，是一種將
表面烤到焦黑的乳酪蛋糕。用山羊乳酪加砂糖與
蛋白混合後淋入模型烘烤而成。

Travers [travɛr]

排骨肉。

Trévise [treviz]

屬於紅色菊苣的一種，通常用
於生菜沙拉，有著微微的苦
味。紅色菊苣（Chicorée rouge）
有時也叫 Trévise。

Trompette-de-la-mort [trɔ̃pɛtdəlamɔr]

喇叭菌。乾燥後顏色會變得
更黑，風味也會更佳。有時
會製成粉末。具有李子般的
香氣。照片上為用水泡過後
的乾貨。

Truffe [tryf]

松露。是一種長在地底下的蕈菇，具有獨特的香
氣，為法國料理的高級食材。分為黑色與白色兩
種。也可以指松露形狀的巧克力。

Truite [trɥit]

鮭魚類的總稱。

Tsarine [tsarin]

俄國沙皇風味。奶油燉煮料理，或以烹調後的小
黃瓜為配菜的菜餚名稱。

Tuile [tɥil]

瓦片餅乾。餅乾一出爐，在質地還很軟的時候輕
壓成彎彎的 U 型。

Turbot [tyrbo]

歐洲比目魚。是一種高級的魚，也有烹調整隻比
目魚的專用鍋。在法國南部賽特（Sète）被稱為
Roun clavelat，而 Turbot 指則是菱鮃魚（Bar-
bue）。

[V]

Valençay [valᾶsɛ]
瓦蘭西山羊乳酪，獨特的四角錐體。產地為羅亞
爾河流域的瓦蘭西村。

Vanille [vanij]
香草。

Veau [vo]
小牛肉。

Velouté [vəlute]
天鵝絨白醬。加入鮮奶油、蛋黃以增加濃稠度的
醬料，又叫 Potage。

Vermouth [vɛrmut]
苦艾酒。一種香草系利口酒。

Verrine [verin]
甜點杯。裝在透明玻璃小杯裡的慕斯
或果凍等點心。

Vert-pre [vɛrprɛ]
牧場風味，草原風味。以蘆筍或生菜等綠色蔬菜
做成的配菜。

Vessie [vesi]
膀胱。將雞肉或蔬菜封進膀胱內煮熟的烹調法。
此種烹調法可鎖住高湯的鮮味。

Viandes [vjᾶd]
肉料理。

Vichyssoise [viʃiswaz]
維琪冷湯。用鮮奶油、馬鈴薯泥、韭蔥或洋蔥製
成的冷湯。

Vin [vɛ̃]
葡萄酒。

Vin blanc [vɛ̃ blᾶ]
白葡萄酒。

Vin chaud [vɛ̃ ʃo]
加了肉桂、丁香、柳橙等混製成的熱紅酒。

Vin rosé [vɛ̃ roze]
玫瑰酒。

Vin rouge [vɛ̃ ruʒ]
紅酒。

Vinaigre [vinɛgr]
醋。

Vodka [vɔdka]
伏特加酒。以大麥、小麥等穀物或用馬鈴薯為原
料製成的蒸餾酒。

Volaille [vɔlaj]
雞，家禽類。

[W]

Week-End [wikɛnd]
奶油蛋糕。通常會在檸檬風味的麵糰上刷上淋
醬。

Wellington [wɛliŋtɔ̃]
威靈頓風味。獻給打敗拿破崙軍隊的英國將領威
靈頓公爵的一道菜餚。

[X]

Xérès [kerɛs]
雪莉酒。是一種酒精強化酒。

照片提供‧取材協力
エノテカ株式会社 http://www.enoteca.co.jp/
チーズ オン ザ テーブル http://www.cheeseclub.co.jp/
バカラ パシフィック株式会社 http://www.baccarat.jp/
三国ワイン株式会社 http://www.mikuniwine.co.jp/

OISHII SHOKU NO KAIWA-CHOU FRANCE
Copyright © 2013 STUDIO TAC CREATIVE Co., Ltd.
Original Japanese language edition published by
STUDIO TAC CREATIVE Co., Ltd.
Complex Chinese Translation copyright
© 2020 Bafun Publishing Co.,Ltd. (DEE TEN)
Through Future View Technology Ltd.
All rights reserved.

Bon Appétit!
附 中法對照 MP3

美食法語會話

170 實用句型 | 610 菜單常見單字

2020年9月22日　二版第1刷　定價380元

著者	STUDIO TAC CREATIVE Co., Ltd.
攝影師	水島 優・赤平純一・久保寺誠
撰寫	遠藤綺子
插畫家	Meiko Paris (meiko)
審校	遠藤綺子・アベナオコ
翻譯	陳琇琳
封面設計	王舒玗
內頁編排	菩薩蠻數位文化
編輯	林子鈺
總編輯	賴巧凌
編輯企劃	笛藤出版
發行所	八方出版股份有限公司
發行人	林建仲
地址	台北市中山區長安東路二段171號3樓3室
電話	(02) 2777-3682
傳真	(02) 2777-3672
總經銷	聯合發行股份有限公司
地址	新北市新店區寶橋路235巷6弄6號2樓
電話	(02)2917-8022・(02)2917-8042
製版廠	造極彩色印刷製版股份有限公司
地址	新北市中和區中山路二段380巷7號1樓
電話	(02)2240-0333・(02)2248-3904
印刷廠	皇甫彩藝印刷股份有限公司
地址	新北市中和區中正路988巷10號
電話	(02)3234-5871
郵撥帳戶	八方出版股份有限公司
郵撥帳號	19809050

Bon Appétit!美食法語會話 / Studio Tac Creative Co., Ltd著 ;
陳琇琳譯. -- 二版. -- 臺北市：笛藤, 2020.09
　面；　公分
ISBN 978-957-710-794-7(平裝附光碟片)
1.法國 2.餐飲業 3.會話

804.588　　　　　　　　　　　109012774